忘れさせてよ、後輩くん。

Let me forget my first love.

3

海果《うみか》

不可思議な現象を起こす『七つの季節』が訪れるとき、その対象となる少年少女の前に現れる。

「春瑠先輩……どうしてそこまで
気遣ってくれるんですか？」
白濱夏梅
しらはま　なつめ
高校三年生。春瑠と同じ大学を目指す受験生だが、推薦入試には落ちてしまう。

「仲良しの後輩くんが悩んでいるなら助ける。
迷っているなら話を聞く。それが先輩の役目だからねぇ」
広瀬《ひろせ》春瑠《はる》
地元を離れて東京の大学に
通う、夏梅の憧れの先輩。

「イルカは見つからなかったけど、タヌキなら見つかったぞ」
これをお前の頭につけたらもっと野生のタヌキっぽくなるかなと思ってさ
誰が野生のタヌキですか！
どこからどう見ても美少女中学生でしょうがぁ！

忘れさせてよ、後輩くん。3

あまさきみりと

角川スニーカー文庫

23714

CONTENTS

design work : 栗原高明(LUCK'A Inc.)　illustration : へちま

プロローグ

……ねん

心地よい夢の中で声が聞こえた。

……うねん

遠かった声が徐々に近づいてくるような感覚。

――少年

僕のことをそう呼ぶ声がした。

親し気な声の主は目の前。

しかし、僕の目線よりも少しだけ上から聞こえる声。

斜め上に視線を向けてみても、僕よりも背が高い声の主の姿はひどく不鮮明で、はっきりとは判別できない。女性の声、というのがかろうじてわかる程度だ。

いまよりも小さかった子供のころに僕のことを少年と呼んだことがあるのは、初対面時に女子中学生だった春瑠《はる》先輩だけ。

中学生にして大人びていた春瑠先輩が小学生だった僕を子供扱いしていた印象的な言葉……それは色濃く記憶に刻まれているのに。

記憶の水底に沈むそれは……目の前の人物が発する〝少年〟という言葉は、春瑠先輩の声ではないような気がした。


「少年」

…………

はっきりと聞こえる。

それこそ現実の声と大差ないくらいに。

「おいおいおい、いつまで寝てるんだぁ？　さっさと起きるんだぁ〜！」

……やかましい。

アラームの機械的な音ではない。人間の声が耳元で叩《たた》きつけられ、眠気に圧倒されていた重い瞼《まぶた》に朝の光が差し込んでくる。

見慣れすぎた自室の天井。僕の顔は寝ぼけ眼の間抜け面になっているだろうが、目覚めた直後のぼやけた視界と覚醒しきっていない頭でも気づいたことがあった。

すぐとなりに異物感。天井を見詰めたまま指先で触れてみると、布団ではない感触があった。少し力を入れると指先が軽く沈むような独特の感触は、たぶん人肌。

はいはい、やられた。まーたこの酔っぱらいは。

顔を見なくても正体は見当つく。ウチの母さんに決まってる。

たまに酔っぱらって息子の部屋に乱入することがあり、そのまま僕のベッドで寝ようとする迷惑行為も多々あるのだ。

いつもなら昨夜の段階ですぐに追い出すのだが、僕が眠ったあとに布団へ潜り込まれたとなると防ぎようがなかった。

「母さん、僕は二度寝するからさっさと出てけ……」

睡魔が残る寝起き声でそう促すも、

「はーい、ママだよぉ♪　いっしょにおねんねしましょうねぇ～♪」

「はあ……」

「ねぇねぇ、ママって呼んでぇ♪」

うざぁ……調子に乗ってママ呼びを催促してくる。

寝起きからのダル絡みはきついが、ベッドから離れる様子がまるでない。

小学生までならともかく、十八歳の男子高校生が狭いシングルベッドで母親と朝を迎えているなんて状況には寒気がするものの、僕は考えかたを即座に変えた。

母さんじゃない。こいつはだらしない大きな子供。僕のほうが大人なんだ、と。

「ママー、早くここから出ていけよ」

「はーい♪　夏梅《なつめ》はいくつになっても甘えんぼうですねぇ〜♪」

幼児を甘やかすような口調で頭を撫《な》でてくる。

おそらく調子に乗ったムカつく顔をしていそうなのがなおさら腹立つ。

「いいから早く出ていけ……！　よっ？」

すぐさまごろりと寝返りをうち、となりを見た。

「ママとの添い寝……良い夢見れたかなぁ〜？」

……はっ？　えっ？

「うおぁあああああああああああああああああ!?」

我が目を疑い、自らの絶叫とともに起き上がった。

俺の横に寝転がっていたのは母さん……ではなく、中学の制服を着た女の子。

受け入れがたい現実に頭を殴られたような気分になり、二度寝用に残しておいた眠気など吹き飛んでしまった。

「ママとの添い寝、どうでしたぁ？」

「お前はママじゃねーだろ！」

「え〜？　それじゃあ女子中学生との添い寝はどうでしたぁ？」

「どちらにしても背徳感があるからやめてくれ……」

大きな瞳とあどけない顔立ちの自称・謎の女子中学生……名前は海果《うみか》。

衝撃と困惑のあまり僕が硬直して動けないのをいいことに、僕の腕に抱きつくような形で密着してくる。顔が近い。お互いの息遣いまで聞こえるのがこそばゆい。

いままで意識してなかったけど海果の瞳はかなり綺麗《きれい》だし、顔もお世辞抜きで可愛《かわい》いんだよな。気安く話しかけてくる性格だから中学にいたら絶対モテる。

……じゃなくて、待て待て、待ってくれ。

僕の記憶が正しければ昨夜は一人で眠りについたはずだ。おとなしく、健やかに。

こんな！　朝チュンみたいなシチュエーションになるわけがない！

「僕……寝てただけだよな？」

「と、いいますと？」

「お前と僕……変なこと、してないよな？」

「えへへへへぇ〜♪」

「えへへ、じゃねーんだよ！　頼むから僕を安心させてくれ！」

「うひひひひぃ〜♪」

このメスガキがぁ！

ニヤニヤと嘲笑《あざわら》ってくるばかりのクソ中学生は、僕の焦り顔を楽しんでいるに違いない。

「わたしと夏梅少年はこういう関係じゃないですかぁ」

「こういう関係……とは？」

まさか……肉体だけの関係。つまり、セフ――

「お昼寝トモダチ～っ！」

ふしだらな自分を殴りたい。

よく考えれば海果の精神年齢なんて小学生みたいなものだから、年頃の男女が同じ場所で寝そべったら昼寝するとでも思ってるんだろう。

「……不法侵入タヌキちゃんとお昼寝トモダチにもなった覚えはない」

「たぬたぬ！　タヌキなので飼い主と一緒に寝るたぬ～」

「ウチはペット飼ってません。お前は野生のタヌキ」

「……すやすや」

自由すぎるだろ。

蹲《うずくま》って寝たふりをする海果はタヌキというより懐いている犬だった。

当然といえば当然だが、変なことはなかったみたいだし、お遊び感覚の不法侵入だろうと結論づけた。

「なんかお前、いつもと違くない？」

「そこに気づいてしまいましたかぁ～」

ようやくか、みたいに生意気な溜《た》め息《いき》を吐《つ》きやがる海果。

どこが違うとははっきりとわからないものの、以前とは雰囲気がほんの少し異なる……気がするような、しないような。

「……それはですねぇ」

「それは？」

「……海果という女の子はですねぇ」

「海果という女の子は？」

……。

海果は眉間にしわを寄せ、目を瞑《つぶ》ったまま「うーん」と唸《うな》った。

いまにも言いそうで言わず、なぜか焦《じ》らしてくる。もったいぶってやがる。

「夏梅少年が惚《ほ》れちゃうほどの美少女……なんですよぉ」

わかりやすく呆《あき》れを滲《にじ》ませた僕はベッドから立ち上がった。

「真面目に付き合った僕がバカだったんだなぁ」

「ひ、ひどい！　真面目だったのにぃ～っ！」

「はいはい、お前みたいな美少女に僕は惚れてるよ～っと」

「心がこもってないですよ～っ！　なんだかんだで放っておけない海果ちゃんが大好きなくせに～っ！」

「僕は年上好きって言ってるだろ。そもそも女子中学生に手を出すなんて危ない橋を渡りたくないの」

「ＪＣとベッドに二人きりの現行犯でよくそんなウソがつけますねぇ！」

「生々しいからＪＣって言うな！　お前の不法侵入だろうが！　家に忍び込んだ野生動物と同じ扱いじゃ！　むしろ寝込みをお前に襲われた！　お前が犯人だ！」

「はーっ！　やましい犯人ほどぺらぺら喋《しゃべ》る法則ですなぁ！」

両者の額がぶつかり、くだらない口論が止まらない。ぎゃーぎゃーと元気に騒ぐ海果（と僕）だが、タヌキのお遊びに付き合っている時間はなかった。

「やばっ⁉　遅刻する！」

手に取ったスマホに表示された日時は平日の朝。海果との茶番に巻き込まれているうちにも時刻は容赦なく進んでおり、僕は焦りながら寝間着を脱ぎ始めた。

「なにをいきなり脱ぎだしてるんですかぁ？　思春期のエロガキめ～っ‼」

「ちげーよ！　制服に着替えないと学校に行けないだろうが！」

「へぇ～、ふぅ～ん♪　身の危険を感じて通報しちゃうところでしたぁ♪」

はい、ウザい。

生意気にからかってくる海果は目を細めつつ意地悪に口角を上げていた。

「今朝のことですが、わたしが勝手に忍び込んで寝てただけです。夏梅少年は朝まですやすやと寝てたので安心してくださーい」

「いや、別に心配してないけどな？　僕が中学生に手を出すわけないからな？」

「うーわ、声が上ずってる〜安心したような声だぁ〜」

へらへらと年上を嘲笑う顔をいますぐ泣き顔にしてやりたいなぁ、おい。

「高校生にもなって恋人ができたことない少年は、お姉さん的なわたしと添い寝するだけでもドキドキで幸せだったはずですからぁ」

「僕のこと小学生だと思ってる？」

「えへへ〜、キミにはいつまでも初心《うぶ》な少年のままでいてほしいな〜っ！」

誰が小学生みたいな恋愛観の持ち主だよ。

お姉さん気取りでご満悦そうな海果だが、どう考えても平均的な女子中学生のスタイルなので色気やお姉さん感など一切感じたことはない。

「いつまでも子供扱いするな。僕はもうじき大学生になって、これから恋愛もたくさんする予定の大人なんだ」

「ほぼ全裸のくせになに大人ぶってるんですかねぇ」

……海果の冷めた視線が心を抉《えぐ》る。

パンツ一枚の姿で大人イキリをする自分、ほんとにダサいと思った。

「あまり僕を怒らせるなよ。大人をからかうとどうなるか……生意気な子供にわからせてやる」

「うわぁ！　ロリコンおじさんみたいなイキリかた、きっしょっ！」

きしょい⁉

余裕ぶった子供から会話の主導権を引き戻そうとしたが、僕の迫真の演技が裏目に出たのかネタだと通じず、海果に気持ち悪がられてしまった！

そして……さらなる追い打ち。

すぐ背後からねっとりとした陰湿な視線を感じ、思わず振り返る。

「……うわ……息子の育てかたを間違った可能性が急浮上……」

部屋の入口から興味深そうに覗《のぞ》いていたのは、ウチの母さんだった。

「母さん、いつからそこに……？」

「……全裸の息子が一人で……突然……『ふひひ、あまり僕を怒らせるなよ。生意気なメスガキにおしおきしてやる』って……気持ち悪いことを言い出したときから……」

「真実とウソを上手《うま》いこと混ぜるなよ！」

この母親、しれっと誇張しやがる。

パンツ一枚の息子が気持ち悪いことを言っていた……それを否定できないのは辛《つら》いが。

母さんの眠そうな目がとろんと垂れ下がるのは僕をからかうのが楽しいときのサインだからタチが悪い。

心配事はもう一つ。恥ずかしいところを見られてしまったばかりか、女子中学生を部屋に連れ込んだと勘違いされかねない状況……どう説明しようかと思考を巡らせたが、それはすぐに杞憂《きゆう》だと悟った。

あいつは相変わらずの不思議な存在。すでに海果は部屋からいなくなっているし、母さんが『息子が一人で』と言ったのは海果の姿が見えていなかったからだろう。

息子がパンツ一枚で気持ち悪い独り言を喋っていただけ……それはそれで痛々しい光景だけど、ＪＣ連れ込み朝チュン男の容疑を回避できたのは助かった。

「……息子が朝から……ムラムラを発散していた理由がわかった……」

「ムラムラじゃなくてイライラだろ？　息子のイメージを守ろう」

「……今日は……推薦入試の合格発表がある……」

「ああ、そうだよ。それのせいで多少の緊張はしてる」

「……その興奮を抑えるために……一人で……いったん落ち着こうと……」

「興奮じゃなくて緊張な？　とりあえずニヤニヤすんな」

変な勘違いをした母さんの悪ノリはウザすぎるが、さすがに慣れているので大人の対応をしてあげた。僕にとって母さんは大きな赤ちゃんみたいなもの。ちょっとは構ってあげないと寂しがってしまうからね。

「……受験に落ちたら……お祝いのお寿司《すし》を買って帰るから……」

「はい？　受験に受かったら祝ってくれるんじゃないの？」

「……東京の大学……東京で一人暮らし……私が寂しくなる……息子はずっと実家で暮らすんだい……」

「母さんなりの冗談にしてはちょっとおもしろい」

母さんの目が笑っていない。朝っぱらから親バカが滲み出ているのだ。

「……実家から通うなら……応援してあげよう……」

「ここから通うのはめんどいから東京で暮らしたい」

「……ちっ……落ちろ～……落ちろ～……ニートかフリーターにでもなって……実家に寄生しろ～……母のありがたみを感じろ～……」

舌打ちしやがった。僕のほうに両手をかざしながら不合格の呪いを放ってくる愉快な母親には、息子なりの乾ききった視線を返すことしかできない。

「……って、こんなことしてたら遅刻する！　いってきます！」

「……ええ……!?　もっとお母さんと……遊んでよう……！　学校なんてどうでもいいじゃん……」

「親が息子に言うセリフじゃないだろ」

「……私……良い子にするから……いかないでぇ……ひーん……」

「良い子だから早く職場に行け」

「……は、働きたくない……労働はしんどい……こどもに戻りたいよう……ひーん……」

これが白濱《しらはま》家の朝。大きな赤ちゃんが床を転がりながら駄々《だだ》をこねる。

僕の足元にしがみついてくる母さんを引きずりながら玄関前で振り払い、身震いするほどの寒さが染みる地元町へ飛び出した。

走る速度を上げると、冷たい向かい風が肌を刺す。

十二月に吐く息は白い靄《もや》となり、手袋をつけ忘れた指先が赤らんで震える。

今どきの受験はＷＥＢでも結果が知らされる。自宅や学校にいたとしても発表の日時を迎えた瞬間に電子機器で合否を確認できてしまうのは盛り上がりに欠けるものの、僅かな緊張がじわじわと身体中《からだじゅう》に充満してきたのを感じていた。

だからなのか不思議と寒くはない。

春が来れば暖かくなり、初恋の人と同じ大学に通うことができる……まだ合格したわけではないけれど、根拠のない自信が胸の奥に微熱を生じさせているのかもしれない。

学校に向けて小走りする足が心なしか軽く思えるのも、淡い期待の表れなのだろう。

——大きめの道路を挟んだ視線の先。

セーラー服に映える長い黒髪が揺れていた。

海果だ。先ほどまで僕の部屋にいたのだから近場で見かけるのは不思議ではないのだが、ときおり左右を見渡しつつ脇道に逸《そ》れようとしている。

町を散策しているのか、または誰かを探しているのだろうか。

向こうはこちらに気づいていない様子だし、気軽に声をかけるにしては少し離れているため、遅刻を嫌った僕は足を止めずに視線を前方へと戻した。

僕の部屋に用もなく来たり、すぐにどこかへ行ってしまったり。

「……忙《せわ》しないやつめ」

見守るような心境の中に、どこか懐かしいような気持ちが咲いた。

そう思ったころにはすでに海果の姿は視界から外れ、僕は学校へと急いだ。

学校に到着し、ほどなくして合否が確認できる時間を迎える。

単刀直入に言えば、推薦入試は——

驚くほどあっけなく、落ちた。

晩ごはんは……寿司《すし》だ。

＊＊＊＊＊

耳に馴染《なじ》んでいる波の音がなんだか空《むな》しく聞こえる。

海に覆いかぶさる冬空は灰色に濁って重苦しく、広大な砂浜と海はフィルター機能を通したかのように色彩がくすみ、存在感抜群のアクアラインも遥《はる》か遠くに感じる。

夕日にすら見放された僕は、くすんだ色の世界にぽつんと佇《たたず》んでいた。

これらの半分は気のせいだと思う。

僕の沈んだ心がそう錯覚させているに違いない。

放課後の金田《かねだ》みたて海岸。

バイクが壊れているので自転車で来ていた。

推薦入試に落ちたという現実をいまだに受け入れきれない僕は、久しぶりに現実逃避の場所へ引き寄せられたのだ。

振り出しに戻ってしまった。

春瑠先輩と同じ大学に進学し、あらためて告白するつもりだったのに……さっそく躓《つまず》いてしまったのだから。

不本意な形で緊張が途切れ、力が抜けてしまっている。

未来が絶たれたわけではないし進路の選択肢は数多くあるけれど、すぐに切り替えられるほど失敗に慣れているわけでもない。

どうしようかな、これから。

片思いの現実逃避に立ち寄っていたこの場所に幸運のイルカはなかったが、生意気な中学生と出会った。いま思えば、最近の様々な出来事はここから始まったんだ。

「またここに戻ってきてしまった……」

独り言のなかに重い溜め息《たいき》が混ざった。

頻繁に訪れていた夏までとは打って変わり、穏やかながらも冷えた海風が顔面を執拗《しつよう》に殴りつけてくる。

子供のころ、僕が落ち込んでいるときに笑顔で慰めてくれる人がいた。

僕よりも年上の女性。やたらとお姉さんぶった口調が印象深い初恋の相手が、優しい声音で語りかけながら僕の頭を撫《な》でる光景が頭の中で蘇《よみがえ》る。

時の流れにより記憶の映像はおぼろげになってしまっているけど、初恋相手の……中学生だった春瑠先輩の声音ははっきりと脳内で再生——

「悩める少年はいつでも黄昏《たそがれ》てますなぁ〜」

……おい。

背後から唐突に浴びせられた生意気な声のせいで、脳内再生しようとしていた春瑠先輩ボイスが上書きされてしまった。

「少年、また会いましたねぇ〜っ！」

元気な声が背中に刺さるが、スルーした。

期待が残っていた今朝とは心境が大きく異なり、構ってあげる気分になれない。

視線が下を向き、ぼんやりと海を眺めることしかできなかったのだが……

「おいこらぁ！　構ってくれぇ〜っ！」

無防備だった背中に衝撃と重み。

細い両腕を交差させ、僕の首周りにぶら下がってくる。

飛び乗るみたいに背中へ抱き着いてきやがったらしいウザかわ系中学生は、もしかしなくても海果だった。

「ばか！　じゃれつくな！」

「可愛《かわい》すぎる美少女を冷たく無視した少年には制裁だぁ〜っ！」

じたばたと暴れる僕とロデオのような感覚で引っ付いてくる海果のくだらない攻防戦。

僕が身を捩《よじ》りながら海果の腕を振《ふ》り解《ほど》くと、海果は軽快に着地してみせた。

「まあまあ、そんなに落ち込まないでいきましょうよ〜」

「まだ何も言ってないのに落ち込んでると決めつけないでくれ」

「受験に落ちたって顔に書いてあります！　えっへっへ！　大人になったつもりでも初心《うぶ》な少年みたいに泣きたい日もありますわなぁ！　わたしに気にせず大泣きしなさーい！」

「へらへら笑ってんじゃねえぞ」

「うはぁあ！　ふぁにふるんれるかぁ！」

ニタニタと嘲笑《あざわら》ってくる海果の両頬《りょうほお》を指で摘《つ》まみながら左右に広げ、減らず口を封じる。

口が半開きの間抜け面になった海果。文句を垂れ流しているようだったが何を喋《しゃべ》っているのかは聞き取れない。

タヌキ中学生の腹立たしい顔をしばらく引っ張っていたかったものの、頬が赤くならない程度の軽い力で摘まんでいたため振り解かれてしまった。

「まったくもう〜っ！　目上に対する尊敬の眼差《まなざ》しを忘れてしまったんですかね〜、はあ〜〜」

「お前を尊敬の眼差しで見ていた記憶がない件について話そうか」

「これだから無礼な少年くんはさぁ〜〜、はぁ〜〜、はぁ〜〜、はぁあああ〜〜」

「無礼が擬人化したようなやつに言われるとめちゃくちゃ腹立つな」

心底呆《あき》れたような溜め息をわざとらしく連射してくる海果だが、その言葉をそっくりそのまま返してやりたくなったのは目上の僕に対する尊敬の念が感じられないからだ。

「……僕をからかって遊ぶくらいだから、お前って相当なヒマ人だよな」

「失礼ですねぇ〜ヒマじゃないですよぉ」

僕のとなりに並び立った海果はおもむろに手を伸ばし——僕の頭に手を添えた。

「よしよし、夏梅少年を落とした人たちは見る目がないですねぇ」

そして、優しく撫でられる。

子供を甘やかすような声の囁《ささや》きが、少しだけ心地よかった。

「……僕にどういう反応を期待してるんだ？」

「別に〜？　元気のないキミを慰めてあげたいからこうしてるだけですが」

反応に困る。この状況をうまく説明できない。

自分よりも背の低い童顔の女の子に甘やかされると……困惑を通り越して気恥ずかしくなってくる。徐々に熱くなった頬が寒さを忘れさせる。

それでも海果の手を振り払わないのは、自分の中で悪い気はしていないからだろう。

海果が調子に乗りそうなので認めたくはないが、春瑠先輩に甘やかされたときの心境と多少なりとも似ていた。

僕は根本的に甘やかされるのが好きらしい。

春瑠先輩みたいな年上の女性からはもちろん、海果みたいな年下の女子からでも。

そんな気持ち悪い思いが思考の隅を巡っていた。

「まだまだいける。キミならきっとなんとかなる。がんばれ」

ありふれた応援の言葉。

優しい声音にからかいの雰囲気などは一切なく、ただただ純粋な気持ちが届いてくる。

それだけじゃない。

俯《うつむ》き加減の僕を気遣い、笑顔の海果はそっと抱き寄せてきた。

不意打ちすぎた。防御力が弱まっている心をも抱擁され、不覚にも〝救われた〟ような心境になってしまう単純な自分がここにはいた。

「どうしたぁ？　黙っちゃってぇ〜照れてるのかぁ？」

「……うるさいな」

「誰にも言わないので泣いてもいいですよ。海果お姉ちゃんが受け止めてあげますから」

「……お姉ちゃんぶってる割には見た目も言動も子供っぽいんだよ。もっと可憐《かれん》な大人になってから出直してくれ」

「聞いた話によるとぉ〜年下の女の子に甘えたい人も多いらしいですよ？　だから夏梅少年も恥ずかしくない〜恥ずかしくない〜♪」

「……どう見ても恥ずかしいだろ。こんな姿、知り合いにはぜったい見られたくない」

「あはは、わたしの姿は普通の人には見えないので二人だけの秘密にできますって〜♪」

それなら大丈夫……じゃなくてさ。

あー、何をしているんだ僕は。

顔面を覆い尽くす微熱は恥ずかしさゆえか、それとも――

さっさと海果から離れてしまいたいと思う反面、それを拒否した思考回路が海果を受け入れてしまっている。

こいつの声も、僕を励ますための行動も、すんなりと心の奥底に入り込んでくる。

不思議と拒絶できない。したくない。

「やっぱり甘えんぼうだなぁ、少年は」

失敗したのはたかが推薦入試。同じ大学の一般入試に挑むという選択もできる以上、本気で落胆しているわけじゃない。

泣きたいほどの悲しみはないはずなのに、なぜだろうか。

海果の懐に埋《うず》めた自らの瞳が、よくわからない涙でうっすらと滲《にじ》んだ。

第一章　ずいぶん安っぽい夢だよ、それは

年が明け、一月。

気の抜けた受験勉強しかすることがない冬休みも過ぎ去り、特に代わり映えのない学校生活に戻ったのだが気持ちはいまいち浮かなかった。

三年の教室は卒業の匂いが徐々に香り始め、将来への高揚と現状の焦燥が二極化したような雰囲気を醸しているのに……僕はどちらにも該当していない気がした。

推薦入試に落ちたから。春瑠《はる》先輩にもう一度告白できる可能性が下がったから。

最近の漠然とした迷いや停滞感が燻《くすぶ》る理由はそれくらいしか思い当たらず、とりあえず一般入試に備えて勉強するという解決法しかなかった。

ああ、もう……集中できない。

授業中にシャープペンで文字を書く手がいちいち止まり、机に広げたノートの余白がなかなか減ってくれない。

教師が説明する授業内容がまるで頭に入らず、不快な雑音として右から左に通り抜けていった。

とにかく鬱屈した気分を発散しないと今後の進路にも支障をきたしかねない——と、自分の直感が危惧を伝えてくる。

僕が好む気分転換の方法は一つだけ。

昼休みになった途端、僕は教室から小走りで抜け出した。

ここの空気がいちばん落ち着くんだよな。

校舎棟から渡り廊下を挟んだ巨大な空間には昼間の光が差し込んではいるものの閑散としており、冬季の切れ味鋭い肌寒さが人をまったく寄せつけない。

放課後は部活の熱気が渦巻く青春の場所でも、冬の休み時間は僕だけの貸し切り状態になる。暖房も消えている極寒の体育館に好き好んで立ち寄るやつなど僕くらいしかいないと決めつけていたのだが、物好きはもう一人いた。

ピアノの前に座る小柄な人影。

手元の文庫本に視線を落とし、静かに読書している女子生徒が僕の存在に気づいた素振りを見せる。

女子生徒の瞳は左右に揺れ、僕と目を合わせようとしない。

焦ったように立ち上がった女子生徒は体育館の壁のほうに上半身を向け、そのまま壁沿いを早歩きで僕の視界からさっさと外れようとしていた。

「まてまてまて」

謎の行動を観察したかった僕は無言のまま見守っていたのだが、ついに我慢できなくなり制止を促す声をかけてしまった。

女子生徒は大人しく立ち止ま……らない！

体育館の正面出口から立ち去ると予測した僕は元バスケ部の脚力で先回りし、小柄な女子生徒の前に立ち塞がった。

邪魔者を躱《かわ》そうと小刻みなステップを踏もうとした女子生徒だったが、こいつに関しては運動が大の苦手なのを僕は熟知している。

不慣れな動きをしようとした女子生徒の足がもつれ、ふらふらと前のめりになりながら体育館の床にうつ伏せで倒れこんだ。

情けなく転んでしまい、その場で蹲《うずくま》っている女子生徒。走る速度が遅かったことや転びかたから見て怪我《けが》はしていないだろうと判断し、僕は近寄って見守る。

大きな芋虫みたいになった女子生徒と、それを見詰める僕の膠着《こうちゃく》状態。

その大きい芋虫は身動きをしないため、僕のほうが痺《しび》れを切らしてしまった。

「冬莉《とうり》」

冬莉と呼ばれた芋虫……いや、後輩の女子がぴくりと肩を震わせた。

「……誰ですか、それは」

「お前の名前」

「……知りません？　そんな人はここにいません？」

「それならお前は誰なんだ？」

「……体育館に迷い込んだ野良猫、といったところでしょうか」

といったところでしょうか、じゃなくてさぁ。とぼけやがって。

「猫ちゃん、ごめんな。大きい芋虫だと思ってた」

「誰が大きい芋虫ですか！　どこからどう見ても可愛《かわい》い猫ちゃんでしょう！」

遺憾の意を表明されてしまう。猫の真似《まね》をしているつもりだったようだ。

今さらながら浅はかな後輩を育ててしまったのを自覚する。

僕の前で転んだのが恥ずかしすぎたのか、物好きな女子生徒こと高梨《たかなし》冬莉は意味不明なことを言って誤魔化《ごまか》そうとしているらしい。

そういうところが可愛い、と密《ひそ》かに思っている。

僕が微笑《ほほえ》ましい眼差《まなざ》しを送っていると、蹲っていた冬莉が素早く立ち上がった。

「……ああ、夏梅《なつめ》センパイでしたか。いま気づきました」

必要以上に表情を真面目に切り替えた冬莉が冷静さを装う。

この後輩、たった今起きた流れをなかったことにしようとしているらしい。

「ウソつけ。僕が体育館に入った瞬間に気づいてただろ」

「……夏梅センパイのほうが先に気づいていました」

「お前のほうが先に気づいたくせに逃げただろ」

「……逃げていません。冬の体育館にふらふらと遊びに来るヒマ人の不審者が来たと思ってさっさと立ち去ろうとはしました」

「不審者扱いされたのが余計にショックなんだが」

「……とにかく、先に気づいたのが夏梅センパイ。私は体育館に来たのがセンパイであることに気づいていなかった。それでいいですよね？」

「運動不足すぎてかっこ悪く転んだうえに芋虫みたいに丸まっていた後輩の言うことを信じろと？」

「運動不足すぎてかっこ悪く転んだうえに芋虫みたいに丸まっていた、は関係ないじゃないですか！　相変わらず失礼なセンパイですね！」

「ヒマ人の不審者扱いしたお前のほうが失礼な後輩だろ！」

お互いに意地をはり、くだらない主張を譲らない。

「……ふふっ」

口論が途切れたと思いきや、冬莉が慎《つつ》ましやかに笑う。

「……夏梅センパイとくだらない話をするの……久しぶりな気がします」

「そうだったか？」

「……そうですよ。最近はあまり顔を合わせる機会がありませんでしたから」

「まあ、冬休みはほとんど受験勉強をしてたからな……」

冬莉の視線が足元に下がり、次第に変わる空気を察した僕は言葉を濁した。

面と向かって冬莉と話すのは、あの日以来。

――僕の脳裏には冬休み前の光景が過《よぎ》った。

木更津《きさらづ》駅前で告白され、ほかの人に片思いをしている僕がフッた……その出来事からさほど月日は経過しておらず、未《いま》だに告白の言葉や相手の表情まで鮮明に思いだせる。

ふいに過ったその映像が僕の胸にじくじくと鈍痛を生じさせる。

僕がフッてしまった相手はもっと、もっと……深く抉《えぐ》るような痛みが残っているかもしれない。

もし僕が片思いの人にフラれたら尋常ではない喪失感を長く引きずると思うから。

心の中に充満していく気まずさと申し訳なさが、さらなる鈍痛を重ねていく。

「……最近の夏梅センパイ、元気がなさそうですよね」

重苦しい無言の時間を断ち切ったのは冬莉の言葉だった。

「あまり会ってなかったのによくわかったな」

「……登下校中とか校内でセンパイを偶然見かける機会がありましたので、なんとなくそう思っただけですけど」

「ふーん〝偶然〟ねえ」

「……な、なんですか？　夏梅センパイと話す機会を窺《うかが》ってたけど緊張して話しかけられなかったとか、そんなんじゃないですけど？」

「そ、そうだったのか？」

「……思い上がりですか？　日本語が通じてないんですか？　そうじゃないって言ってますけど？　私が自分から夏梅センパイを探しに行くなんてありえないんですけど？」

なぜか早口で圧をかけてくる冬莉だが、僕はそこまで言及してないんだよなあ。

でも、久しぶりに早口で捲《まく》し立ててくる後輩は実家のような安心感を与えてくれる。

「……なにを！　ニヤニヤしてるんですか！　そのバカみたいな顔やめてください！」

ぽこぽこと猫パンチを繰り出し、僕の肩を叩《たた》いてくる冬莉。

心の中の微笑みが表情にも染み出ていたらしく、冬莉は遺憾の意を表明してきたのだ。

「元気がないように見えたのは推薦で落ちたからかな。僕の学力だと一般入試は自信がなかったから推薦に賭けてたんだけどさ……」

「……二年の夏までバスケ漬け、退部してからは怠惰に過ごしていたツケがようやく回ってきましたか。ご苦労様でした。春からは予備校に通いながらフリーターですね」

「浪人生になる前提で労《ねぎら》うのはやめてくれよ」

「……それなら春瑠センパイと同じ大学に受かると思いますか？」

受かる、と即答できない自分がいた。

春瑠先輩と同じ大学を受けたバスケ部の先輩たちは数多くいるが受かっていたのは春瑠先輩だけらしく、僕よりも必死に勉強していた人たちが浪人生になったり滑り止めの大学に進んでいるのは世間話で耳に入っている。

僕が進路を決めたのは約半年前の夏……それまで怠けていた遅れを取り戻すべく勉強をがんばってきたつもりだったが、いまさら遅すぎた感は否めない。

「……夏梅センパイの第一志望、私は落ちてほしいと思っています」

「そ、そんな……お前は応援してくれると思ったのに」

「……前に言ったじゃないですか。『私は夏梅センパイの初恋を応援しない』って」

冬莉がこちらを見据えながら零《こぼ》した台詞《せりふ》の意味を、僕はすぐに察した。

僕の初恋が叶《かな》う未来に近づいていくということは、冬莉の初恋が叶う未来が遠ざかっていくということ――

もう僕は知っているのだ。冬莉の気持ちを、純粋な想《おも》いを。

「……あれ以来、今まで通りの距離感で話せるのか不安だったんです。自分の気持ちを伝えたから……仲良しの先輩と後輩には戻れないいんじゃないかって」

僕の顔に申し訳なさが浮き出ているためだろうか、冬莉は囁《ささや》くように吐露する。

自分も同じだった。

告白を断った相手と今後どう接するのが正解なのかわからず、僕も答えを探していた。

お互いに距離感が狂い、見失うのは仕方ない。

僕らの恋愛は未熟すぎて初めての経験ばかりだから――告白するのも、告白されるのも、まったく慣れていないんだ。

だからたくさん迷い、うだうだと思い悩みながら恋愛を知っていくのだろう。

「……夏梅センパイに話しかけづらくなって、以前までの距離感がわからなくなって……でも、この場所だったら思い出せそうな気がしました。仲良しの先輩と後輩の関係に戻れるかなって少しだけ期待して……私はここに来ました」

体育館は僕らにとって放課後の青春をともに過ごした場所。

そして、中学のころに出会った場所でもある。

冬莉は原点とも呼べる場所に戻り、仲良しの先輩と後輩に戻ろうとしているのだ。

「冬莉、僕は……」

「……でも、やっぱり臆病なんです。夏梅センパイの顔を見たら怖くなって……情けなく逃げ出して……」

次の言葉をうまく切り出せない僕に対し、目の前に立っている高梨冬莉は微《かす》かな苦笑いを見せた。

あの不格好な立ち去りかたは冬莉なりの逃げだったんだ。仲良しの先輩と後輩の距離感を本当に取り戻せるのかわからず、なんの確証もなく、底知れぬ不安に襲われたから。

呆《あき》れるくらい不器用だから、僕は冬莉のことが——放っておけないんだよ。

「……そんな私にも夏梅センパイは話しかけてくれた。普段通りに気安く声をかけてくれて、腹立つくらいからかってきて……とても安心したんですよ」

「僕と冬莉はいつだってこういう仲だろ。気を遣わずにお互いが言いたいことを言いあえる……だから居心地がよかった」

「……そうですね。だから体育館に足を運んでしまうんです。夏梅センパイと過ごす体育館は……いつだって居心地がいいから」

「素直にそう言われると照れるな」

「……センパイのばか」

冬莉が気恥ずかしそうに視線を逸《そ》らし、なんだかむず痒《がゆ》くなった僕も反対のほうに視線を逸らしてしまった。

数秒ほどの沈黙を挟み、僕らは同じタイミングで吹き出すように笑う。

はっきりとわかった。先ほどまでしぶとく居残っていたぎこちない焦《じ》れったさはどこにも存在せず、いちばん仲良しの先輩と後輩に戻れたことを。

「……人生の後輩からありがたいアドバイスをしてあげましょう。私はバスケのシュートが不得意なのをセンパイは知ってますよね？」

「ふつうは人生の先輩からのアドバイスなのでは？」

「……だって私、人生の後輩ですし」

そういうものらしい。

「まあ、冬莉は運動音痴だからめちゃくちゃ下手くそだったよな」

「……そうですよね、ちょっとだけ不得意ですよね」

運動音痴を認めたくない冬莉の細やかな抵抗を感じるのはさておき、床に転がっていたバスケットボールを拾い上げた冬莉がゴール前に立つ。

何をしようとしているのかは理解できたが、僕は〝失敗する〟と直感で決めつけた。だって冬莉がこれに挑戦する姿は何度も見たことがあるが、成功させた姿を僕は知らないから。

その場でドリブルの音が二回。静まり返る体育館に響いた見覚えのある懐かしいルーティンは誰の真似だろうか。

跳ね上がったボールを両手で受け止めた冬莉は静かにゴールを見上げ、軽く腰を落とし、思いっきり伸ばした両腕からボールを投げ放つ。

視線を逸らせない。僕の目は完全に奪われてしまっている。

理想のバックスピンがかかったボールは緩やかな弧を描き、リングにほぼ触れることなくネットを通り抜けた。

一連の動作に見惚《みと》れた僕の口は半開きになっており、こちらに振り返った冬莉は清々《すがすが》しいくらいのドヤ顔を見せつけてきやがった。

「……以上、人生の後輩からのありがたいアドバイスでした」

「人生の後輩さん、もっとわかりやすく教えてくれ」

「……もう、察しが悪いですね。一度しか言わないのでよく聞いてください」

一転して不満そうな表情を浮かべた冬莉だが、すぐに口角を上げて優しく微笑《ほほえ》んだ。

「本当に好きな人のためならがんばれる……それが恋です。運動音痴でめちゃくちゃ下手くそな後輩がこそこそ練習してシュートを決められるようになったんですから、初恋のためにがんばることができる夏梅センパイはきっと合格できます」

春瑠先輩と同じ大学に合格して告白したい。

本当に好きな人のためなら不可能だって可能になる……難関とされる志望校だろうと春瑠先輩のためなら──

「冬莉も本当に好きな人のために……こそこそ練習してたんだな」

「……どうしてセンパイが顔を赤らめてるんですか！　恥ずかしいので今のはナシ！　すぐに忘れてください！」

顔を真っ赤にしながら詰め寄ってくる冬莉。

冬莉が本当に好きな人は〝白濱《しらはま》夏梅〟だと気づいた瞬間、頬《ほお》が顕著に熱くなった。それを即座に察した冬莉は、お得意の猫パンチで僕の胸元を何発も叩いてくる。

痛くはない。嬉《うれ》しいけど照れ臭い……そんなとき僕はどんな表情をすればいいのかわからないので平静を装ったが、たぶん口元はだらしなく緩んでいることだろう。

「……褒めてください」

「はい？」

猫パンチを中断した冬莉が、ぼそっと呟《つぶや》いた。

「……がんばって練習してシュートを決められるようになった可愛《かわい》い後輩を、夏梅センパイはすごく褒めないといけないんです」

こんなに素直な冬莉は初めてだから困惑する。

すごく褒めてほしそうな声音で話す冬莉の頭に手を添えた僕は——

「なかなかやるじゃん」

と、ありきたりな言葉で褒めてみた。

「……やり直しです」

「なんでだよ」

「……心がこもってないので」

わがままますぎる後輩だ。いったい誰が育てたんだか。

「お前……マジで可愛すぎる。最高の後輩でいてくれてありがとう」

「……ほ、褒めすぎです！　わざとらしい！　ばか！」

ぷんすかと叱られる。女子高生の乙女心は永遠に理解できそうにない。

「……女子の扱いが壊滅的にド下手くそな夏梅センパイに期待した私が愚かでした。今日のところはこれで勘弁してあげましょう」

物足りなそうな冬莉はそう言いながら僕の胸元に顔を埋《うず》めた。

冬莉の体温と僕の体温がじんわりと混ざり合い、冬の寒さを忘れさせていく。しばらく身動きしなくなった二人が無言になった三十秒は絶妙に心地よかった。

その甘ったるい空気感のせいで、僕らが恋人同士になったかのような錯覚を引き起こしてしまいそうになる。

「いちおう聞くけど、僕らって恋人同士じゃないよな？」

「……はい、いちばん仲良しの先輩と後輩です。当たり前じゃないですか」

「最近の仲良しはこれが普通なのか？」

「……私たちはいちばん仲良しの先輩と後輩なので、これが普通なんです」

誰かに見られたら誤解されそうなので困り果てたが、振り払えそうにない。

「……や、やっぱり普通じゃないですね。今日の私、どうかしてます」

お前が動揺し始めてどうするのよ。僕まで気恥ずかしくなるだろ。

速まっていく心臓の鼓動。その音や振動を冬莉に盗み聞きされているかもしれないのは恥ずかしかったけれど、すぐにどうでもよくなっていた。

「……そういえば、春瑠センパイがたまに木更津にいるらしいですよ」

「春瑠先輩がＳＮＳで呟いてたな。地元の自動車学校に通ってるって」

「……なので、春瑠センパイにも来てもらいました。この状況も見られています」

「はっ⁉」

突然の報告に驚いた僕は全方位に視線を回したが、僕ら以外には誰もいる気配がない。

そして……冬莉の口角が意地悪そうに上がっていた。

「本気でビビった……悪質なウソつくなよ……」

「……夏梅センパイの焦りが笑えます。こんなところ初恋の人に見られたくないですよね」

「変に誤解されるかもしれないからな……」

「……私は誤解されても良いですけど？」

「だめ。誤解はだめ」

こいつ、僕の心を弄んでやがる。先輩だと思われてないらしい。

「……自分の想いをぜんぶ伝えたので吹っ切れちゃいました。私、素直になります」

「突然、どうした？」

「……とっても素直になりますからね」

真意を理解しかねる僕が首を傾《かし》げると、顔を上げた冬莉は呆れたような苦笑を晒《さら》しながら――

「……好きな気持ちはずっと変わらない、ということです」

そう、控えめな声音ながらも力強く宣言した。

そのまま後ずさりした冬莉はぺろりと舌を出し、小悪魔的ながらも照れ臭さが浮き出た悪戯《いたずら》な微笑みを滲《にじ》ませる。

そんな冬莉らしからぬ魅惑の表情を拝めたのも一瞬だけ。

僕に背を向け、体育館から素早く逃げていった。

去り際の冬莉は耳まで真っ赤にしていたのが本当に愛らしく、僕は一息吐《つ》きながらも自然に笑みが零れる。

完全に不意打ちを受けた僕はその場に立ち呆《ほう》けてしまい、『言い逃げはズルいだろ……』と心の中で抗議するのが精いっぱいだった。

＊＊＊＊＊

本当に好きな人のためならがんばれる……か。

学校から帰宅後、自室にて受験勉強をしながら冬莉の言葉を思い出していた。

現状の自分は絶対に達成したい大きな目標はあるものの、正体不明の疑問符に似た感情が燻《くすぶ》っており、なんとも言いがたい不快感となって心の底に漂う。

その正体は未《いま》だに摑《つか》めないけれど、冬莉の言葉と無理やり結びつけるとしたら……春瑠先輩への気持ちが足りていないのかもしれない。

僕の初恋はまだまだ未熟。一度の失敗で折れそうになるくらいには不安定で、多少の衝撃が加えられると脆《もろ》く崩れそうなくらいに繊細なのだろう。

ペンを握っていた手が止まり、SNSを開くためにスマホへ触れる。

春瑠先輩に会いたい。単純だが、そう思った。

あの夏以来、通話アプリやSNSのリプライなどで他愛《たあい》もないやり取りはしているものの直接会ってはいない状況が続いている。受験に合格したら会いに行くという約束をして自らを奮い立たせたので仕方ないとわかってはいるが、あの人に会って話をすることができれば自分の目指すべきところを再び明確化できると思うのに。

ついでに言うと、いらない心配もしている。

東京という大都会には僕よりも頭が良くて優しくて容姿も整ったお洒落《しやれ》な男が腐るほどうろついており、下心を隠しながら近づいてくるイメージが強い。春瑠先輩みたいな上京したての大学一年生はチョロそうだし、真っ先に狙われるはず。

サークル飲み会からのお持ち帰りなど都会の大学では日常的にあるとか、ないとか。

所詮、僕は田舎者の高校生。都会の大学あるあるネタはネット知識と偏見しかないので妄想だけが膨らんでいく。

僕はただ二度目の告白をする約束をしただけ。彼氏の枠を予約できたわけじゃない。

シンプルに彼氏とかできてたらどうしよう。

オタク趣味の友人曰《いわ》く、都会の学校に進学した清楚《せいそ》な幼馴染《おさななじみ》がいつの間にかチャラ男の餌食になる系のエロ漫画は人気だとか。

「はぁあああああああああああああああ……」

自分以外は誰もいない部屋に響き渡る嘆きの吐息。

僕に悪影響を及ぼしているのはおそらく焦り。春瑠先輩の投稿をぼんやりと眺めながら、足踏みしている現状にやきもきしていた。

白濱夏梅という後輩はあまりにも無力で、ちっぽけに思えた。

あの人が木更津の自動車学校に通っているということは、お互いのタイミング次第で会うことも容易《たやす》い。通話アプリを開いてはみたものの、自信を失いかけている今の僕にはメッセージを送る勇気が出ず、途中まで打ち込んだ文章を消した。

＊＊＊＊＊

最近、よくわからない夢を見る。

僕は部屋で泣いている。不協和音に囲まれ、耳を塞いでいる。

様々な怒号が飛び交い、耐えられなくなった僕は家を飛び出す。

なんだろう、これは。

一人で突っ立っている僕に声をかけてくれる人がいて、そのまま遊びに行く。

子供のころは兄さんと母さんがよく遊んでくれたけど、家庭環境が悪くなってからは家族で遊びに行く機会はほとんどなくなった。

たぶん、この夢は幼少期の記憶に近いのかもしれない。

僕の目線がかなり低く、遊びに連れて行ってくれる人の身長は僕よりもかなり高いからだ。母さんと考えれば辻褄《つじつま》は合うものの、所詮は夢。

本当に起きた出来事ではなく、妄想と過去が混ざり合っているだけに過ぎないのだろう。

夢の中は決まって、暑い夏の日だった。

＊＊＊＊＊

スマホを弄《いじ》りながら寝落ちしてしまい、気がつけば翌日の昼になっていた。

机に突っ伏していたので目覚めの気分は最悪。

週末なので学校は休みだが受験生は勉強しかやることがなく、身体《からだ》の節々の痛みを我慢しながら机に向かっていた。

眠気を覚ましたいときは珈琲《コーヒー》に頼る。

冬莉の家で購入したスノートップを淹《い》れるために台所へ移動すると、

「……な、夏梅ぇ〜〜ひああ……ぬわぁあああぁ……」

リビングから悍《おぞ》ましい呪いの声……ではなく、目の下にクマが浮き出た母さんが床に這《は》い蹲《つくば》りながら苦しそうにしていた。

「ごめん、僕は受験生だから遊んであげる時間はないんだ」

「……息子よ……母が遊んでいるように見えるのかい……？　……なんでもっと……心配そうな顔をしてくれないの……？」

「いや、日常茶飯事すぎて」

第三者が見れば母さんの言動に驚いたり心配したりしそうだが、僕は極めて冷静だった。週に二回くらいは起きる不定期イベントだから。

「昨日の夜、何を食べた？」

「……えーっとねぇ……ラーメンに炒飯《チャーハン》……半ライス……それとねぇ……焼き餃子《ぎょうざ》を五人前……レバニラ定食……瓶ビールとハイボール……」

「胃薬でも飲んどけ」

食べすぎである。

この母、いかにも重病で深刻そうな面構えを演じているが、ただの暴飲暴食による胃もたれである。自業自得なのである。ラーメン・炒飯・半ライス・定食という並びを見てもわかるように炭水化物が大好きなのでなおさら消化不良に陥りやすいのである。

「……胃薬ィ……飲みてぇえ……うぃィ……」

ごろごろと床を転がる母さん。

このままだと永遠に床を転がっていそうなので僕は薬箱を漁《あさ》ったのだが、母さんが日ごろからフリスク感覚で服用しまくっているせいでストックが切れていた。

「……ここは母さんにまかせて……先に進めぇ……胃薬を……はやく……たのんます……愛《いと》しの息子よぉ……」

なにやら、ぶつぶつと呟《つぶや》いている。息子をパシらせるつもりらしい。

ちょうど勉強の集中力が切れたので、胃薬を買いに行くついでに散歩するのは気分転換にもなりそうだと思い、渋々ながらパシりを引き受けた。

外に出てみたら雪も降っておらず、この時期にしては暖かい。

みまち通りを歩いていると、見知った後ろ姿がちょろちょろと動いているのを発見した。

「警察だけどキミは中学生？　親御さんは？　もしかして家出中かな？　キミの家に連絡させてもらってもいい？」

「どうひゃあ⁉　違うんです！　わたしは流離《さすら》いのＪＣで！」

悪戯心が働いた僕は声色を渋めに変え、職務質問を装って話しかける。

　背後から唐突に職務質問を受けた海果《うみか》はおもしろい悲鳴を漏らしながらこちらへ振り向き、三秒くらい目を丸くしていた。

「流離いのＪＣさん、おはよう」

「このやろーっ！　わたしを騙《だま》すとは良い度胸じゃねーかぁ！　ビビったぁ！　本当に警察だと思ったぁ！」

「警察にお前の姿が見えるわけないだろ」

「あっ、それもそっかぁ♪　……じゃなーい！　少年くんがわたしをからかうなんて百年早いんだよぉ～っ！」

　めちゃくちゃ悔しがる流離いのＪＣこと海果。

　僕も負けっぱなしというわけにはいかない。海果にはからかわれることが多いので今回みたいに悔しがらせるのは……ほんと気持ちよかった。

「海果お姉ちゃん大好きな少年くんがわたしと遊びたい気持ちは痛いほどわかりますが、こんなところで遊んでいる場合じゃないんですよぉ」

「海果お姉ちゃん大好きな少年くんがわたしと遊びたい気持ち、とかいう捏造《ねつぞう》だらけの文言はさておき、これからどこかに行くのか？」

「うーん、どこかに行くというかぁ～行くところは決まってないというかぁ～」

「ヒマか？　すごくヒマなのか？」

「ヒマじゃないですってぇ！　すごーく急いでいるというかぁ～、でもちょっとわからないというかぁ～」

はっきりせい！　と心の中でツッコんだ。

ふわふわした態度を続ける海果を見ているだけで小さい子供と喋《しゃべ》っている気分になる。

「そういえば、このあいだも町中をふらふらと彷徨《さまよ》ってなかったか？」

先日の何気ない出来事を思い出した。

僕の家に忍び込んだ海果は特に目的があるわけでもなく立ち去り、その後は何かを探すように左右を見渡しながら町中を歩いていたことを。

「それがわたしの生きざま！　ウォーキングをして健康維持！　ライフスタイルぅ～！」

「なんかウソ臭いな」

「ふ、ふえ～？　ソンナコトナイケドナ～？」

棒読みになっているのがますます怪しい。

ただの散歩にしては視線が定まってなかったうえに、やたらと進路変更をしていて不自然だったような覚えがある。

海果のとぼけた顔にいっそうの疑問を持った僕は、海果の瞳をじっと見詰めてみる。

もう一つ抱いていた違和感——

「……やっぱりそうだ。お前、イルカの髪飾りをつけてない」

僕がそう指摘すると、海果は観念混じりの苦笑いを浮かべた。

海果のトレードマークともいえるイルカの髪飾りがどこにもなく、僕の家に来たあたりからその状態が続いていたと思われる。

美しく長い黒髪なのにイルカの髪飾りが一つないだけで、なんだか物足りなく感じた。

「もしかして髪飾りを探してるのか？」

「まあ〜、そんな感じっすわぁ。いつの間にかどこかに落としちゃったみたいでぇ〜とりあえず町中を探しているんですわぁ〜」

ノリが軽いなぁ、こいつ。

「僕の家に忍び込んでいたのも髪飾りを探すためだったのか？」

「バレちゃいましたぁ？　少年くんの家に忘れたんじゃないかなぁ〜と思って」

女子中学生を部屋に連れ込んだ疑惑の無実が証明された。

「落とした場所に心当たりはないのか？」

「心当たりがあったらとっくに見つけてますって！　わたしは木更津から出られないのでこの町のどこかにはあると思うんですけど」

「捜索範囲が広すぎだろう。家とか学校内ならまだしも、木更津の町中から小さな髪飾りを手掛かりなしで見つけられるわけがない」

「まぁ～なんとかしてみせますって♪　それじゃあ、わたしは捜索活動に戻りまーす」

僕も忙しい。受験勉強が最優先だし、僕には関係ない。

他人事《ひとごと》を貫こうとしていたのに、なぜだろうか。いつもの軽いテンションで足早に立ち去ろうとする海果から僕は目が離せなくなっていた。

意思とは反対に身体が前に動き出し、海果と肩を並べてしまう。

「一人より二人のほうが見つかりやすいだろ」

「えっ？　でも少年くんは大切な受験が控えているので申し訳ないですよぉ！」

「座りっぱなしは健康に悪いらしいからな。ちょうど気分転換したいと思っていたところだったし、お前の散歩に付き合ってやるかー」

そう言いながら歩き出すと、やや後ろに立っていた海果はくすくすと笑った。

「素直じゃないなぁ、少年くんは♪　ま、少年くんのお散歩に付き合ってあげますかぁ～」

海果は申し訳なさそうな顔色を一瞬だけ見せるも、僕に歩調を合わせて歩き出す。

「僕が付き合ってあげてるんだからな？」

「えへへ～、照れない照れない♪　少年くんはやっぱり海果ちゃん大好きな甘えんぼうなんだぁ～」

「ばか、うっせ。ちげーよ」

たじたじになった僕の語彙力が極端に低下する。

冷静に考えてみると、いまの僕……王道のツンデレみたいだった？

それを海果に見透かされているようで猛烈に恥ずかしくなってきたが、海果のやや前方を歩くことで恥じらいの表情はバレないようにした。

「交番には問い合わせてみたのか？」

「警察にお前の姿が見えるわけないだろ、ってドヤ顔してたの誰でしたっけ？　ん〜？」

「僕です、すみませんでした」

愚かな質問だった。

落とし物が集まりやすい場所といえば交番。とはいえ海果が交番に行ったところで素通りされるのは目に見えているため、さっそく僕が役立てるというわけだ。

木更津駅前の交番に足を運んでみたのだが、イルカの髪飾りは届いていないという。念のため遺失物案内システムで検索してもらったが、現時点では登録されていないらしい。

他に画期的な方法はなく、歩いて地道に探すしかなかった。

海果と二人で駅周辺を当てもなく歩き回り、同じ道を何度も行き来しながら地面に落ちていないかどうかを舐《な》め回《まわ》すように探すという時間がしばらく続く。

それは途方もなく感じられ、すぐに見つかる保証など到底ないという後ろ向きな精神状態が疲労を数倍増しで蓄積させてくる。

しかし、海果からは諦めるような素振りはまったく感じられないどころか、むしろ積極的に動き回って小さな手掛かりをどうにか得ようとしていた。

「あの髪飾り、もしかしてハイブランドの高価なやつだったりするのか？」

「いきなりどうしたんですかぁ？」

「それくらいじゃないと、ここまで必死に探さないと思ったから。僕だったらすぐに諦めて安物に買い替えたりするぞ」

紛失したものが現金や高価なブランド品だったら『諦めきれない』『見つけたい』と思うのは多少なりとも理解できる。

「大切なものだから、ですかねぇ」

海果は少しだけ考えつつも、こう率直に呟いた。

「どうしても見つけたいくらい大切なものなんだな」

「そうそう、どうしても見つけたいんです。あれがないと……」

「あれがないと？」

「海果ちゃんの素晴らしい可愛《かわい》さが夏梅少年にぜんぶ伝わりきらないんですよぉ～♪」

ふざけた猫なで声とわざとらしいウインクが腹立つが、海果にとってイルカの髪飾りは大切なものだというのはわかった。

広大な町中を毎日探し回ってでも見つけたい——海果にとってはそこまでの思い入れが

あるのだろう。

「あれが早く見つからないと、少年のベッドにまた忍び込んで探すことになりますよ！」

「それは勘弁してくれ！」

「だったら早く見つけましょうねぇ♪　さぁ行きましょう！」

僕の勘違いだったらそれでいい。

気丈に振舞ってはいるが、イルカの髪飾りをなくした海果の横顔はどこか陰がある。

それがどうも引っ掛かり、放っておけない心境にさせられてしまうんだよ。

海果の案内で駅前にある元百貨店の複合施設にも入ってみたが、空きテナントが目立っており商業施設とは言い難い静かな様子に様変わりしていた。

子供のころは駅前にもっと活気があった気がするので寂しく思いつつ、髪飾りを探したがここにも落ちてはいない。

「せっかく二人いるんだし手分けして探そうか」

ちょっとした思惑が働いた僕がそう提案し、三十分後に西口前で待ち合わせた。

海果は連絡手段がないため、待ち合わせの時間と場所をちゃんと決めておかないと合流するのに苦労しそうだからだ。

富士見《ふじみ》通りに来た僕は目線を下げて髪飾りを探しつつ、駅から徒歩三分ほどの場所にある雑貨屋へ。

様々なアイテムが敷き詰められた店内を眺め、少しだけ悩み、とある商品を購入したところで三十分近くが経過。西口前へ戻るために先を急いだ。

あいつの存在は不確定なうえに不安定だ。

どうして『七つの季節』を見届ける存在になったのか、そもそも実在する人なのか。

突然現れた謎の存在だから、突然消えてもおかしくない。

そう考えると不安だった。全力疾走するつもりはなかったのに、逸《はや》る気持ちが前へ前へと両足を交互に押し出してくる。

「はあ……はっ……」

膝に手を突き、息が激しく切れる。

「そんなに急いでどうしたんですかぁ？」

当然ながら海果はいた。

駅前の道行く人たちに見向きもされず、僕を待つ海果がそこにいたのだ。

「も～、たった少しのあいだ会えなかっただけで寂しかったんですかぁ？　やっぱり少年くんは寂しがりやだなぁ」

生意気にからかってくる海果の様子に腹が立つ反面、なぜか安心の溜《た》め息《いき》を吐《つ》く自分もいた。僕にとっては友達でも家族でもなく、ましてや好きな人でもないというのに。

海果に会いたがる自分自身に困惑してしまっていた。

「夏梅少年はなにか収穫ありました？」

「なにもないっす」

「はっはっは、元から期待してませんでしたー」

海果は肩をすくめながら乾いた笑みを浮かべる。

生意気な中学生よりも自分自身の進路を心配すべき状況なのに、こうして付き合う僕ってやつは相当なお人好《ひとよ》しか物好きなんだろうなぁ、としみじみ思った。

「イルカは見つからなかったけど、タヌキなら見つかったぞ」

ポケットから取り出したものを海果に差し出す。

それは、緑の葉っぱをモチーフにした髪飾り。先ほど立ち寄った雑貨屋で一目惚《ぼ》れをし、値段もお手頃だったので購入していた。

さすがタヌキの町・木更津。タヌキを連想させる商品には困らない。

「これをお前の頭につけたらもっと野生のタヌキっぽくなるかなと思ってさ」

「誰が野生のタヌキですか！　どこからどう見ても美少女中学生でしょうがぁ！」

本人は大変不服そうだったが、葉っぱの髪飾りを摑《つか》み取《と》り……前髪付近へ添えるように装着した。イルカではなく、タヌキ。

まだ見慣れないけど間違いなく似合っている。

「髪飾りがない海果は違和感があったからな。イルカの髪飾りが見つかるまではそれで我慢してくれ」

「まぁ、少年くんがどうしても使ってほしいなら仕方ないなぁ〜どうしてもって頼まれたから〜♪」

「今すぐ返せ、こらぁ」

「やーだ！　もうわたしのものだもんねぇ！　野生のタヌキちゃんを捕まえてみなっ！」

僕が取り返そうとしたら海果に素早く逃げられてしまう。

心なしか足取りが軽くなった海果のあとを追いかけ、ちょっとだけ浮かれ気分の僕も木更津を疾走したが——元バスケ部の走力も衰えたのか一瞬で引き離された。

鬼ごっこをして初めて知った。海果には全力でも追いつけない、と。

僕が情けないのか、あいつが凄《すご》いのか。

よくわからない、不思議なやつ。

次第に遠くなる海果の背中を眺めながら、どこか懐かしさに似たものを感じた。

忙《せわ》しない駅前の風景とは打って変わり、落ち着いた住宅街まで髪飾りを探しにきた僕らだったが、たまたま通りかかったこの場所は馴染《なじ》みがある。

記憶に残る映像とは多少異なっているけれど、周辺の建物はあまり変化がない。

正面に聳《そび》え立《た》つ新築のマンション。僕が小学生のころは昭和レトロな古ぼけた外観の娯楽施設がひっそりと営業していたのに……現在は廃墟《はいきょ》すら跡形もなく取り壊され、立派なマンションとして入居者を募っていた。

「あーあ、木更津セントラルの影も形もなくなっちゃいましたね〜。せめて廃墟くらいは残しておいてほしかったなぁ」

海果が名残惜しそうに嘆く。

内心驚いた。ここを通りかかるたびに僕も似たような空《むな》しさを抱いていたから。

「お前はここで遊んだことあるのか？」

「ゲーセンとかボウリングで遊んだり、友達と映画も観《み》ましたねぇ。うんうん、あのころは楽しかったなぁ」

海果は楽しい過去を思い返すように頷《うなず》いている。

かつてここにあった木更津セントラルが閉店になったのは数年前であり、春瑠先輩と出会った日に連れられてきて遊んだのが最初で最後だった。

ゲーセンやボウリングといった定番の遊びのほかに、小さな映画館も複合されていた地元民の遊び場。廃墟になってからは冬莉と朝練の待ち合わせ場所にもしていたし、僕にとっては特別な思い出だけが残っている。

「うーん、ここにもイルカちゃんはいませんねぇ」

「タヌキがイルカを探してるのは不思議だな」

「いやいや、今は仕方なく野生のタヌキに甘んじているだけでほんとは野生のイルカですから！　んっ？　今も昔も美少女中学生だよねぇ？　海果ちゃんは何者なんだぁ⁉」

アホだ。キャラ付けが多すぎて混乱している。

「お前は可愛いタヌキだ。それは認める」

「たぬー♪　おいしいお菓子くださいたぬー♪」

「嫌だよ、帰れ」

「たぬ⁉　動物虐待はいけないたぬっ！　嫌がらせしてやるたぬ！」

「すまんな。野生動物には餌を与えないのがマナーなんだ」

「少年の家に侵入して食べ物を食い散らかしてやるたぬ！」

「やってみろコラぁ！　罠《わな》で捕まえて山奥に投げ捨ててやるわ！」

「やれるもんならやってみな！　たぬっ！」

お互いの額を押し当てながらの睨《にら》み合《あ》いが勃発！　まさに時間の無駄！

くだらないお遊びで本題から脱線しかけたが、あまりのバカバカしさを自覚した僕らはイルカの捜索へ戻った。

木更津セントラル……ではなく、マンションの周辺をふらふらと探し回る海果とは反対に僕の足はぴたりと止まる。

この見慣れた風景に海果が重なったとき――モノクロ映像が脳内で流れた。


中学の制服を着た女の子が僕のとなりを歩いている。

顔はよくわからない。記憶の映像は不安定に揺れ、ひどく不鮮明だ。

僕よりも目線の高い女子中学生は優しい声音で話しかけてきて、僕と手を繋《つな》いでいる。

到着したのは木更津セントラル。

僕は女子中学生に手を引かれ、ワクワクしながら建物に入っていった。

…………

……


「なつめしょうねーん！」

モノクロの映像が一瞬で掻《か》き消《け》され、再び世界が色づいていく。

聞き覚えのある元気な声が、僕の名前を強く呼んだからだ。

鮮明になった視界は新築マンションと、僕を心配そうに覗《のぞ》き込《こ》む海果の姿を映した。

「あぁ……どうした？」

「どうした、じゃないですよぉ～っ！　突然動かなくなったと思ったら気が抜けたみたいにぼーっと突っ立ってたので心配したじゃないですかぁ」

「突然立《た》ち眩《くら》みがして……ちょっと疲れたのかな。最近は勉強ばかりしてたから体力が落ちてるのかも」

「少し歩き回っただけなのにもうお疲れさんですかぁ？　ちょっと休んでいきます？」

「いや、もう大丈夫だ。元バスケ部の体力を舐《な》めるなよ」

「はっはっは〜、だいぶ前に引退したインドア少年のくせに粋がるなぁ！」

海果に肘で小突かれ、僕らは次の場所へ向かうために歩き出した。

それにしても、あの映像はなんだったのだろうか。

春瑠先輩に連れられて行った状況と似てはいるが、細かいところが違っているような気がした。はっきりしない。頭の中に靄《もや》がかかっている感覚だ。

昔の記憶というものは時間の経過とともに曖昧になっていくので、たまに思い返す記憶と実際に起きた出来事に多少の誤差が生じるのは仕方ないといえる。

僕の中でそう結論づけ、特に深くは考えないことにした。

とにかく海果の歩く速度が速い。

先を急ぐ海果に手を握られ、ぐいぐいと引っ張られながら一緒に歩いているのが気恥ずかしかったけれど、こちらから手を振《ふ》り解《ほど》く気にはなれなかった。

軽快な足取りで楽しそうに歩くこいつの邪魔を、したくなかったから。

腐っても元バスケ部のエース。

徒歩で移動するのは体力的にも問題ないと思っていたが、さすがに限度ってものがある。

駅前から歩くこと一時間以上……左右の風景が雑草の緑に覆われ、沈み始めた太陽がオレンジ色に染める果てしない道が続いていた。

すでに夕方。歩いている人は僕ら以外にいない。

疲労が蓄積された足に痛みが生じ、重くなっていく。

バイクなら気持ちよく走れる道なのに、徒歩では途方もない距離に感じていた。

ここまで来る途中、海果に何度も文句を言いまくったが華麗に聞き流され、なぜか軟式の野球ボールを買わされた。

なんだかんだ怒らずに付き合っている僕、良いやつすぎるのでは。

そんなことを考えながらひたすら歩を進め、とある場所にたどり着いた。

海の匂いと優しい風。

燃えるように眩《まばゆ》い夕日が水面に覆いかぶさっている暖色の海はいつ見ても美しく、これまで幾度となく目を奪われてきた。

疲れがすべて吹き飛ぶ……まではいかないが、感動にも似た感覚がせりあがってくる。

そう、ここは江川《えがわ》海岸。

海辺の手前には広い土地があるので撮影に訪れる人も多いのだが、県内外で有名な海中電柱はすでに撤去されており、以前までの幻想的なイメージとは若干異なっていた。

「こんなだだっ広い場所で見つけるのは不可能に近いだろ……」

思わず弱音を吐いてしまうくらいの大自然が目の前にある。

荒れた土地には雑草なども生い茂っているため、もし髪飾りが落ちていたとしても見逃してしまうだろう。

「はっはっは、わたしに不可能という文字はないのだぁ」

だが、海果は諦めていない。

ふざけた態度なのは相変わらずでも、瞳の奥には確固たる信念が宿っている。

海果は田植えのように腰を低く落としながら地面を凝視し、大切な髪飾りを探し続けていた。

僕も突っ立っているわけにはいかない。

海果のがんばりに触発され、足元を見回しながら地面の雑草や石をどかしていく。

まさに気が遠くなる作業。時給千円くらいは欲しいとか、どうでもいい雑念を挟みつつ黙々と探す僕らを水平線の夕日が見守り、色鮮やかに染めあげる。

たった一つの大切なもの。少なくとも海果にとっては。

僕の手は薄汚れ、指の薄皮が剝《む》ける。爪に小傷が増えていく。

普段ならとっくに諦めているであろう精神状態なのに、海果のために役立ちたいという意思が心と身体《からだ》を突き動かしていた。

不思議だ。僕らは別に付き合いが長いわけでもなければ、親密な仲でもないはずなのに。

「少年はやっぱり良い子だよねぇ」

「良い子ってなんだよ。もう立派な大人になりかけてるんだぞ」

「えへへ〜、わたしから見たらまだまだお子様なんですけどねぇ。キミはいつまでも少年のままでいなさい」

「可能であれば少年に戻りたい」

「どうしてですかぁ？」

「春瑠先輩にもっと甘やかしてもらえるから」

「きもっ！　おねショタ日本代表候補！」

「どこがキモいんだよ！　せめて千葉県選抜くらいだろ！」

他愛《たあい》もない雑談が心地よい。

このままずっとくだらない話題を続けられる。冗談ではなく、そう思った。

「少年」

屈《かが》んでいた海果が立ち上がると、手を差し伸べてきた。

サッカー部が似た動作をしていた覚えがある。

同じく屈んでいた僕は海果の手を取り、引き寄せられるように立ち上がった。

海果は僕から離れていき、十メートルほどの距離を挟んで向かい合う。

「ボールを投げてくれーい」

両手を上げた海果がボールを要求した。

ポケットに入れていた野球ボールを握り、海果のほうへ軽く放り投げる。

野球など未経験に近い。投げかたも不格好だったものの、ボールの軌道が山なりだったので海果は素手で捕球してみせた。

「イルカを探すのにボールなんて使うのか……って!?」

「おりゃあ！」

大きく振りかぶった海果は……まさかの全力投球！

慌てながら左手を出した僕は胸の前でどうにかキャッチできたけれど、二の腕を這《は》う衝撃と手のひらの痛みが同時に伝わってきた。

「いきなり投げ返してくるな！　しかも全力で！　心の準備ができてないんだよ！」

「へっへっへ！　油断してんじゃねーぞい♪」

「クソガキが！　へらへら笑ってんじゃねえっ！」

八重歯をチラ見せしながら得意げに笑う海果……いっぺんお仕置きしてやりたい。

「夏梅しょうねーん！　キャッチボールしよーぜー」

海果は両手を上げながらパタパタと振る。

野球ボールを購入させられたのはこのためだったらしい。

「こんなところでキャッチボールしてたら怒られそうなんだけど」

「怒られるとしても夏梅少年だけだから気にしないでオーケー」

「僕だけだから気にするんだよバカ野郎」

とか不満を抜かしつつ、僕はボールを山なりで投げ返す。

今度はコントロールが悪く、海果の遥《はる》か頭上を越えていった。

「どこ投げてるんですかぁ！　ノーコン野郎めぇ！」

「バスケ部だったから斜め上を狙うクセがついてる」

「どうでもいいけど投げかたキモいですねぇ」

「僕がひそかに気にしてたこと言うなよ」

転がっていったボールを海果が拾い、その場から助走をつけて送球。叩《たた》きつけるようなショートバウンドが捕球し損ねた僕の太ももに命中した。

「素人にショートバウンドで投げるやつがいるかよ……」

「少年！　ゴロは身体で止める……これが守備の基本やでぇ」

「素人が。黙れ」

軽い痛みで熱くなった太ももを擦《こす》る僕に対し、海果は上級者ぶってドヤ顔してくる。

いちいちやり返していたら埒《らち》が明かないので、海果の胸元へ素直に返球する。

するると海果も山なりの優しい送球を返してきた。

お互いに言葉を交わさなくても自然に続くようになったキャッチボール。

遠くの波の音や風に吹かれた雑草がこすれ合う音……海果と遊ぶという奇妙な状況には変わりないが、居心地は良かった。

「お前ってさ、いったい何者なんだろうな」

ボールを投げ返す。

海果の素性を探るつもりなど今さらなかったのに、ぼそっと呟《つぶや》いてしまった。

滅多《めった》に味わえない特別な雰囲気がそうさせたのかもしれない。

「夏梅少年もご存じの通り、めちゃくちゃ可愛《かわい》い中学生なのは間違いないですねぇ」

はぐらかされ、ボールを投げ返される。

「海果はどうして──」

七つの季節を見届ける存在になってしまったんだ？　と問いかけようとしたが、言葉に詰まってしまう。

これ以上、僕が深入りできるような問題なのだろうか……真相を欲する想《おも》いがあるのは間違いないのに、心のどこかでは臆していているのだ。

すべてを知ってしまったらもう、後戻りできない気がして。

「夏梅少年とのキャッチボールは楽しいなぁ。夢みたいだぁ」

「ずいぶん安っぽい夢だよ、それは」

「安っぽい女なんでぇ〜安っぽい男と惹《ひ》かれ合うんですぅ〜」

「お前と惹かれ合ってはないけどなぁ」

「またまたー、照れちゃってさ。女の子と仲良くするのが恥ずかしくなる時期ですかぁ？」

「お前と仲良くするのが恥」

「それじゃあ今は恥さらしの状態ですねぇ」

「僕らのことを誰も見てないから問題ないんだよ」

お互いがボールを投げるタイミングで喋《しゃべ》り、本当の意味での会話のキャッチボールが淡々と続いている。それだけでいい。それだけでいいから。

この日常がこれからも続いてほしいと願う自分が、ここにはいた。

まもなく日が暮れていく。

ボールが見えなくなったら、このキャッチボールも終わってしまう。

わからない。自分が抱いている感情の発生源が、海果と二人だけの時間に浸ろうとする心境の理由が、まったくわからないんだ。

怖かった。臆していた。

僕の初恋が大きく揺らいでしまうのを、無意識に恐れていた。

よく理解できていない想いが膨れ上がり、自らへの困惑が広がっていく。

「夏梅少年」

海果は左足を力強く踏み出し、ボールを握る右手を振り下ろす。

「キャッチボールに付き合ってくれて、ありがとね」

緩やかな曲線を描くように放たれ、僕の懐に収まったボール。

海風に吹かれて髪を揺らした海果は、こちらに微笑《ほほえ》みかけてくれた。

キミの初恋を応援してるよ
わたしは、幸運のイルカだから——

第二章　冬の路上で食べるコンビニおでんは失恋の味

僕の生活はたいして変わらないはずだった。

学校では真面目に授業を受け、放課後や休日は自宅で受験勉強という日々に面白みなど一切なく、ただただ志望校に現役合格するための行動しかしてこなかったのに、もう一つの余分な日課が増えてしまった。

「やっぱりどこにもないな……」

放課後は可能な範囲で寄り道し、地面を中心に見回す。休日はランニングがてら、やや遠くまで移動しながら視線を上下左右に振る。

他人から見たら行き先もなく町を彷徨《さまよ》っているヒマ人にしか映らないだろうけど、イルカの髪飾りを探すのはなぜか苦ではなかった。

もちろん疲労は溜《た》まる。

でも、自然と身体が動いてしまうのを止める気になれないのが辛《つら》い。

「こんなことしてたら志望校に受からないのに……なにやってんだろ」

白い吐息となった独り言が寒空に消える。

海果《うみか》と一緒に髪飾りを探した日から三日。あれから海果の姿は一度も見てはいないものの、特別に心配するほどでもなかった。

あいつは神出鬼没で連絡手段もない。当然ながら住所も不明。

僕から会いに行くのは大変難しく、海果の気が向いたときに向こうから現れるのが大半だったからだ。

　こうして僕が殺風景な歩道で立ち止まっているあいだにも、海果はどこかで探し物をしているのだろうか。それか、すでに見つけてしまっているかもしれない。

　次に会ったときにタヌキの葉っぱではなく、イルカの髪飾りになっていれば一件落着ではある。

「見つけたらちゃんと報告しに来るんだろうな……？」

　そうしないと僕は一人で探し続けることになりそうだ、と思ったところで「いや、こんなことやってる場合じゃない……なにやってんだろ」という自問自答に逆戻りするループ状態をどうにかしたい。

　あいつの存在がよくわからないのが悪い。教えてくれないのが悪い。そうに決まってる。

　興味本位で海果の名前を検索してみたことはあるけれど、漢字が異なる同名の芸能人や漫画の登場人物など無関係そうなものばかりだった。

　もっと珍しい名前だったら絞り込めるかもしれないが、現時点では検索範囲が広すぎる。謎多きやつだよ、まったく。

　心の中で文句をぐだぐだと垂れ流していたら、スマホが震えた。

　ふいに届いたメッセージの差出人は、春瑠《はる》先輩。

【いま自動車学校から帰るところなんだけど、よかったらご飯でも食べない？】

【いろいろ話したいこともあるし】

二つに分けられた文面に心が躍る。

こっちから連絡するか迷っていたところでのお誘いは断る理由がなく、僕も春瑠先輩に話したいことが結構ある。

なにより、ここのところ勉強に集中できなかった迷いを払しょくしたかった。

迷える後輩に初恋というものを、もう一度教えてほしかった。

すぐに既読をつけたら待ちわびていた感を悟られて引かれそうなので、三分くらい待ってから返信。待ち合わせ場所と時間を決めた。

あの夏以来の待ち合わせ。

逆さ狸《たぬき》・きぬ太くんの前に向かう僕は、次第に増していく緊張により腕が震えていた。好きな人に会うときは平常心ではいられない……これこそ僕が春瑠先輩に片思いをしている証拠ではないだろうか。

「後輩くーん」

癒《いや》される声が僕の名を呼ぶ。

僕が返信した時点ですでに駅の周辺にいた春瑠先輩が先に待っていてくれた。

夏ごろよりも髪は若干長くなり、ブラウンの毛先がマフラーを撫《な》でる。

暖かそうなニットの上にチェスターコートを羽織り、足元は黒のブーツを組み合わせて大人の女性感を際立たせていた。

田舎に降臨した天使は道行く人々の視線を引きつけ、特に男子どもは何度もチラ見しつつ一目惚《ぼ》れしたに違いない。

「すみません、待ちましたか？」

「いーや、いま来たところだから気にしないでいいよ。後輩くんも忙しいところ悪いねぇ」

待ち合わせの定番みたいな会話、一度やってみたかったんだよな。

「久しぶりだねぇ。ちょっと見ないあいだに背が伸びたんじゃない？」

「それ、会うたびに言ってますよね。高校三年生にもなったら身長はもう伸びませんって」

「えー、そうかなー？　ためしに比べてみるー？」

ぐっと距離を詰めてきた春瑠先輩と向かい合い、背比べをする。

何度もやってきたこのやり取り自体が大好きだし、春瑠先輩の可愛すぎる顔を近距離で見られる合法的なご褒美なのだ。ちなみに中学までは春瑠先輩のほうが身長は高かったけど、高校になってからは逆転した。

「やっぱり伸びてるなー？　あんなに小さかった後輩くんはどこにもいないんだねぇ」

春瑠先輩がわざとらしく寂しがっている。

小学生のころの僕がお気に入りだったようだ。

「小さいままだったら、もっと子供みたいに甘やかしてくれたってことですよね？」

「ちょっと何言ってるのかわからないけど、気持ち悪いこと考えてるのはわかるなぁ」

頬《ほお》を引きつらせた春瑠先輩、相変わらず鋭い！

僕の拗《こじ》らせた感情をいちいち昂《たかぶ》らせてくれるこの人は本当に可愛《かわい》いと思わされた。

「ところで後輩くん、おなかペコペコかな？」

「ペコペコっす」

「いいねぇ、若いねぇ♪　最近は若者がご飯をたくさん食べるのを見てるだけで幸せなんだよねぇ」

この先輩、大学一年生のくせに食堂のおばちゃんみたいなことを言い出している。

「人生のベテランぶってるけどあんたと一歳しか変わらないでしょ」

「生意気なタメ口をやめなさーい。そんなふうに育てた覚えはないんだけどぉ？」

「へいへい、反省してます」

「おいおい生意気だなぁ？　誰のおかげでここまで大きくなったと思ってるんだぁ？」

でた！　春瑠先輩が僕の髪をわしゃわしゃと撫でる攻撃！

僕は嫌がる素振りを少しだけ見せるが、まったく嫌じゃないのでほぼ受け身状態。

春瑠先輩が満足するまで頭を差し出し、やりたい放題させてあげるのだ。

再確認するまでもなかった。

やはり僕は、春瑠先輩のことが――

「とりあえずそこのベンチにでも座ろうか」

春瑠先輩に促されるまま、僕らは近くのベンチに肩を並べて座った。

「じゃーん！　冬の定番と言えばこれでしょ！」

手に持っていたビニール袋から大きめのカップ容器を二つ取り出した春瑠先輩。蓋を開けると濃厚な湯気が漂い始め、黄金色に輝く出汁《だし》の香りが食欲を一気にかき立てる。

玉子、大根、いろんな練り物……春瑠先輩が選んだ具材が出汁で煮込まれ、美味《おい》しそうな茶色に染まっていた。

「おでん、後輩くんといっしょに食べたいなって思ってさ」

僕の到着を待つあいだ、春瑠先輩がコンビニでおでんを買っていてくれたらしい。

嬉《うれ》しさのあまり頬が熱くなり、口元もだらしなく緩んでしまう。

「えー？　そんなに嬉しかったのかなぁ？」

「そうですね。春瑠先輩がおでんをフーフーして食べさせてくれるので」

「もう高校生なんだから自分でフーフーして食べようね？」

「おでんは温かいのに春瑠先輩は冷たい……」

「いつまでも小学生の気分じゃ困るなぁ～」

「いつまでも春瑠お姉さんに甘やかされたいんですよ……」

「キミ、顔はカッコいいのにそんなこと言ってるからモテないんだぞ？」

「不特定多数からモテなくても好きな人から好かれるだけでじゅうぶんです」

「その好きな人からもドン引きされてるかもねぇ」

「今日から甘えるのをやめます」

「いきなりキリッとした顔になられても春瑠お姉さんは困っちゃうなぁ」

春瑠先輩は困ったように笑ってくれた。ドン引きされたら立ち直れなかったよ。

いつまでも喋《しゃべ》っていたらせっかくの熱々おでんが冷めるので、僕らはカップ容器と割り箸を手に取った。

輪切りの大根を箸先で割り、ほろほろと蕩《とろ》けそうな大根の破片を拾い上げて齧《かじ》る。

じゅわりと染み出した出汁の熱さ。舌先で感じる出汁の塩味と素材の味が心を満たし、飲み込んでからは胃袋を中心に身体《からだ》の芯まで火照ってくるかのよう。

春瑠先輩は玉子から食べる派らしく、ゆっくりと齧った瞬間は熱がっていたものの、わかりやすい瞳の輝きが幸福度の上昇を物語っていた。

「冬の野外で食べるコンビニおでんが最高なんだよねぇ～」

「ですねー」

おでんが冷めないうちに堪能したいのはどちらも同じ。

このときばかりは会話が減り、煮込まれた具材を齧るごとに舌鼓を打っていた。

僕らはまだ学生。お洒落《しゃれ》な料理店などではなく、駅前の路上でコンビニおでんを頬張《ほおば》りながら幸せになっている青春こそが相応《ふさわ》しいのだ。

「木更津《きさらづ》の自動車学校は東京からだと通うの大変じゃないですか？」

「地元に住んでる友達に『一緒に通ってほしい』って誘われちゃってさぁ。ワタシも地元の道のほうが仮免のときに運転しやすそうだし」

「春瑠先輩がいるなら僕も一緒に通おうかな」

「こらこら、受験生くん。免許の学科を勉強してる場合じゃないでしょ？」

春瑠先輩の優しいツッコみが好きすぎる。これが楽しみなんだ。

「推薦入試、落ちたんだって？」

油断しているところに意表を突かれた話題を振られ、出汁を吹き出しかけた。

まさか自動車学校の学科の話題から受験の話題に繋《つな》げられるとは。

「誰から聞いたんですか……？」

「ふふっ、ワタシを舐《な》めるなよ？　キミの高校には可愛いスパイが潜伏してるのさ」

「そのスパイ、体育館のピアノ前によく潜伏してますか？」

「正解！　夏梅《なつめ》くんの情報をよく届けてくれる優秀な後輩だよ♪」

あの小さな後輩、次に体育館で会ったら意地悪して困らせてやろうか。

「一般入試の勉強はちゃんとしてる？　ご飯に誘ってるワタシが言うのも変だけど、相当がんばらないときついかもよ？」

「毎日がんばってる……つもりなんですけど、いろいろ考えることがあって集中できないんですよね」

言葉を曖昧に濁してしまう。

視線をやや落とした僕の横顔を春瑠先輩はじっと見詰めていた。

「それは夏梅くんの中で〝志望校に合格するのが第一目標ではなくなった〟ってことじゃないかな」

春瑠先輩にそう指摘された途端、心の中で動揺が芽生えてしまった。

それを隠そうとしたが、普段ならすぐに返せるような台詞《せりふ》が喉で閊《つか》えてしまい、口を開くのがやや遅れてしまう。

「いや、そんなことは……春瑠先輩と同じ大学に通うって決めて、それを楽しみにしながらずっと勉強してきました。今さらそれが揺らぐなんてことはありません」

僕の考えを黙って聞いていた春瑠先輩が、小さく息を吐いた。

「夏梅くんはいま、何かに迷ってる。こうして実際に会ってみて、やっぱりそう感じた」

春瑠先輩は昔から僕のことをよく知っている。

こうして表に出さないように努めても、少しの変化で見抜かれてしまうんだ。

「夏梅くんがいま考えてることを教えて。このまま一人で抱え込んでいたら何も始まらないし、夏梅くんの進路にも大きく影響するかもしれない。それに、ワタシも――」

春瑠先輩はそこまで言いかけたが、

「ううん、何でもない」

肝心なところははぐらかされてしまった。

「実はね、三日前に夏梅くんを見かけたの。自動車学校の帰り、東京行きのバスに乗るために駅前に行ったら夏梅くんが歩き回ってた。目的地があるわけでもなく、ただひたすら何かを探してるみたいな様子でさ……バスの時刻が迫ってたし、夏梅くんも忙しそうだったから声はかけられなかったけどね」

公共交通機関で東京へ戻るには駅前に寄ることも多い。三日前といえば海果と髪飾りを探した日であり、駅前にも立ち寄っていた。その様子をたまたま見られていたらしい。

しかし、春瑠先輩の言葉には一つだけ違和感があった。

「見かけたのは僕だけですか？」

「うん、後輩くんだけだった。他にも誰か一緒にいたの？」

「海果と一緒にいました。あいつがイルカの髪飾りをなくしたので探すのを手伝っていたんです。さすがに木更津の町中を一人で探すのは大変そうだったから」

「なるほどねぇ。でも、ワタシが見たときは夏梅くん一人だけだったし、夏梅くんが独り言を喋ってるように見えたから不思議だったんだけど……そういう事情だったんだ」

確かに手分けして行動する時間帯もあったけど、それは三十分程度……僕が富士見《ふじみ》通りの雑貨屋に行ったときで、春瑠先輩の『駅前にいた僕が一人でイルカの髪飾りを探していた』という目撃談とは若干異なっている。

「そういうことですか？」

「春瑠先輩には海果が見えなかった、ということになるだろうねぇ。そもそも、晴太郎《せいたろう》先輩の幻が消えてからは海果ちゃんと一度も会えてなかった……いや見えてなかったのかも」

もし、陽炎《かげろう》の夏が過ぎ去ったタイミングで海果の姿が見えなくなったとしたら、七つの季節を乗り越えた者は海果の姿が瞳に映らなくなるということ。

七つの季節に陥った瞬間に海果の姿が見えるようになるので、それが解決したら〝元に戻る〟としても不思議ではない。

もしかすると、すでに冬莉《とうり》も――

そうだとすれば、もう一つの違和感が生まれた。

どうして僕だけが海果の姿を見続けることができているのだろうか。

春瑠先輩や冬莉が七つの季節に陥ったとき、僕も当事者として巻き込まれたと仮定しても……現象から解放された春瑠先輩と同じように海果の姿は見えなくなるはず。

ますますわからなくなった。

僕の思考を著しく鈍らせる迷いの正体は未《いま》だに言語化できていないが、海果の存在なのは間違いないと思える。

「自分でもわからないんです。海果のことを考えると胸がざわつくような……最近になってあいつの存在が大きくなってきて、どうすればいいのか迷ってる……あいつが何者で、僕にとってどういう存在なのかを知りたいって気持ちが……いまは強いんです」

「それは最近になってから芽生え始めたんだね」

「はい、町中で歩き回ってる海果を見かけた十二月あたりから……徐々にですけど」

「そう思うようになったきっかけがありそうだね。まずはそれを知らないと夏梅くんは前に進めないいんじゃないかな」

ぐうの音も出ない。見ないふりをして、気づかないふりをして、先延ばしにしていた迷いを春瑠先輩は容赦なく探り当ててきた。

それはほかの誰にもできない。

いちばん仲良しの先輩である春瑠先輩だからこそできる芸当だった。

「海果ちゃんを知る手掛かりになりそうなことに思い当たる節はあるかな？」

あらためて深く思い返してみる。

最近、海果と一緒にいたときにモノクロの映像が頭の中を過《よぎ》っていた。

「三日前、木更津セントラル跡地に海果と行ったとき……よく知らない映像が頭の中を過りました。まだ営業していた木更津セントラルに連れられてきた小学生の僕が、中学の制服を着た誰かと手を繋ぎながら遊んでいたんです」

「それはワタシと後輩くんが初めて遊んだときの記憶じゃないの？」

「いえ、それとは少しだけ違う気がして。映像が不鮮明にボヤけてたので曖昧なんですが、その木更津セントラルは映画館も営業していたような……」

その説明を聞いた春瑠先輩は何かに気づいたのか、瞼《まぶた》を小さく震わせた。

「ワタシと遊んだときは閉店する少し前……つまり映画館はもう閉鎖されていたよね」

それが僕の記憶とモノクロの映像の決定的な違い。

木更津セントラルは映画館とゲームセンターなどが複合した施設として長らく営業していたが、閉店の二年前に映画館の部分が先に閉鎖されてしまった。

僕と春瑠先輩が出会ったのは映画館が閉鎖されたあとであり、映画館も営業していたころに二人で行くなどありえないのだ。

「後輩くんは、ワタシよりも先に誰かと――」

「違う！　そんな記憶、僕にはないです！　春瑠先輩に初めて連れて行ってもらって、その日に僕は春瑠先輩に……!!」

春瑠先輩に、初恋を教えてもらった――

思わず声を荒らげたのは、焦燥の裏返し。

記憶を引っ張り出そうとすればするほど、眩暈《めまい》にも似た症状に襲われる。

どう考えても不自然だろう。

モノクロの映像に出てきた中学生らしき女の子がもし実在していたとすれば、時系列的にも春瑠先輩よりも年上のはず。

当時とほぼ同じ外見を現在も保っているなんてありえるはずがない。

「後輩くん、大丈夫？」

「いえ……ちょっと眩暈がしただけです」

僕が顔をしかめながら俯《うつむ》いたので心配してくれる春瑠先輩だが、眩暈はすぐに収まった。

勉強や海果のことで考える要素が多く、脳を酷使しすぎているせいかもしれない。

誰よりも詳しいはずの自らを信用できなくなる。

自分の記憶が自分自身にウソをついているとでもいうのか。

「今日は後輩くんに話があったからご飯に誘ったの」

ご飯に誘われたとき、春瑠先輩は『いろいろ話したいこともあるし』という文面も添えていた。舞い上がっていた僕は深く考えなかったけど、春瑠先輩の真剣な眼差《まなざ》しが空気を急速に引き締める。

「キミは今でも、ワタシのことが好き？」

そう問われた瞬間、思考が激しく鈍った。

声を失ったと錯覚するほど言葉に詰まり、喉が干上がる。

「去年の夏、キミはワタシに告白してくれたよね。その想《おも》いは今でも変わってないのかな？」

「当たり前じゃないですか……僕の初恋はあなたで、それからずっと！」

春瑠先輩は首を横に振る。

「違う。いまのキミはワタシを見ているようで〝違う人〟を見ている。それを誤魔化《ごまか》すために……見て見ぬふりをするためにワタシを追って、無意識に追っているふりをして、受験に逃げてる」

温和な声音ながらも辛辣な言葉に次々と切り裂かれる。

先ほど春瑠先輩に指摘された言葉が蘇《よみがえ》り、抉《えぐ》られる。

──それは夏梅くんの中で〝志望校に合格するのが第一目標ではなくなった〟ってことじゃないかな
やはり僕の心境や動揺など一瞬で見透かされていたのだ。

勉強に集中できない、と思いたかった。

それを目指すのが自分の大きな望みではない、と自覚したくなかったから。

「何を言って……僕の初恋はずっと変わってない！　僕自身がそう思ってるんだから、そですよ！」


「ほんとに？　それが夏梅くんの本当の気持ちなの？」

「自分にウソをつく理由がないです！　春瑠先輩に偽の気持ちを伝える意味なんてないんですよ！」

れが事実じゃないですか！」

「それじゃあ、いまの君は――どうしてそんなに苦しそうな顔をしているの？」

いまの白濱《しらはま》夏梅は、よほど苦悩を噛《か》み殺したような表情をしているらしい。

認められない。認めたくない。

だから虚勢を張り、身を守ろうとする。

そのみっともない行為自体が、すでに己の間違いを認めている証拠だというのに。

「去年の夏、告白されたワタシが返事を曖昧にしたのは、後輩くんに対する気持ちがまだわからなかったから。それでも後輩くんがワタシをずっと好きでいてくれたことが嬉《うれ》しかったし、好きな人のために努力しようとする気持ちに心が動かされたの。来年度の春、ウチの大学のキャンパスで出会ったら……ワタシはキミに、たぶん惚《ほ》れていたかもしれないね」

「だったら何も問題ないじゃないですか……このまま受験勉強して合格すれば！」

「それは去年の夏までの話。いまのキミは、ワタシを見ていない」

もうわかったから、言わないでほしい。

それ以上言われたら……それが現実として突きつけられてしまうから。

「はっきり言うね。受験の合否に関係なく、ワタシと夏梅くんは恋人同士になれない。だって……いまの白濱夏梅は、広瀬《ひろせ》春瑠を好きではないから。両想いじゃないと恋愛は成立しないから」

はっきりと言葉にされ、僕は肩を震わせながら項垂《うなだ》れるしかできなかった。

現実逃避の糸を断ち切られ、悔し涙が視界を濁らせていく。

春瑠先輩にここまで言わせてしまった自分自身の不甲斐《ふがい》なさに対しての涙だった。

「このまま中途半端な状態で受験勉強しても良い結果にならないし、ワタシもそれを望まない。いまの夏梅くんがやるべきことは、本当に自分がやるべきことに気づくことだと思うけどな」

「本当に自分がやるべきこと……」

「最近の後輩くんは誰のことで頭がいっぱいなのか……それがヒントになるんじゃないかな。ワタシに言えるのはこれくらい。あとは後輩くんが答えを探して、動き出さなきゃいけない」

春瑠先輩は見放してくれない。このまま放り出さない。

「後輩くんを待ってる人がどこかにいる。ワタシや冬莉ちゃんがそうだったように、後輩くんにしか助けられない人が近くにいる。そんな気がするな」

悩める後輩を気遣い、細やかなヒントをくれる。

悩める後輩に寄り添い、さり気なく手を差し伸べてくれる。

「春瑠先輩……どうしてそこまで気遣ってくれるんですか？」

「仲良しの後輩くんが悩んでいるなら助ける。迷っているなら話を聞く。それが先輩の役目だからねぇ」

春瑠先輩は力強く、そう断言してくれた。

あらためて気づかされたんだよ。

この先輩は本当に……僕にはもったいないくらいの素敵な人だと。

「さて、おでん食べちゃおう！　すっかり冷めちゃったけど！」

春瑠先輩の元気な声で仕切り直し。

涙を滲《にじ》ませながら食べるおでんはすっかり冷めきっていたけれど、このときばかりは世界で一番美味《おい》しく感じた。

「後輩くんと食べたおでん、美味しかったぞ」

春瑠先輩はベンチから立ち上がり、黙って俯いていた僕の頭にそっと手を置いた。

「それじゃあね、夏梅くん。

これからも〝いちばん仲良しの後輩くん〟でいてください」
僕の頭を優しく撫でた春瑠先輩はバス乗り場のほうへ歩き出し、遠ざかっていく。
握りしめていた手の甲に白い結晶が着地し、すぐに体温で溶けた。
大きな空に雪の欠片《かけら》が舞い始めた寒い夜、初恋は終わった。
僕はいちばん仲良しの後輩。
これから先、いちばんの恋人にはなれないのだ。

僕は——たったいま、人生初めての失恋をした。

堪《こら》えていた涙が頬《ほお》を伝い、薄《うっす》らと白くなった地面に落ちる。
一滴、二滴と吸い込まれ、新雪に滲んでいく。
「ううっ……うわぁ……ああ……ぐ……うあぁぁあ……」
通行人の視線などお構いなしに嗚咽《おえつ》を漏らし、拭っても拭っても溢《あふ》れ出《だ》す涙の粒。
知りたくなかった、こんな痛みを。
もっともっと続けていたかった、初恋ごっこを。
春瑠先輩と過ごしたこれまでの思い出が次々と思考の中を流れ、甘い言葉が脳内で再生されるたびに涙となって情けない声が漏れる。

ぐしゃぐしゃになった顔が冷えきってもなお、泣いた。

春瑠先輩との思い出が色濃く残る町の片隅で、ただただ一人で泣いていた。

＊＊＊＊＊

ひとしきり涙で失恋を洗い流したあと、僕も自宅のほうへ歩き出す。

すでに夜、すっかり日が暮れた。建物の照明や車のライトが眩《まぶし》く、帰宅を急ぐ人々が行き来する町の全体像を人工の光が浮かび上がらせていた。

少量の雪は降ったり止《や》んだりといささか不機嫌な空、いつもはもっとカラフルな町の色彩はいつの間にか白く塗り潰されつつある。

みまち通りは静まり返っており、不気味さすら覚える。

街灯が照らす道の先に……小さな人影があった。

いや、正しく言うと影はない。

制服を着た中学生の姿だけが僕の瞳に映っている。

「やあ、少年」

ある意味、いちばん会いたかったやつが目の前に佇《たたず》んでいた。

イルカ……ではなく、葉っぱの髪飾りをつけた海果だ。

「夏にもここでお前と会ったよな」

「そういえばそうでしたね〜。あれからいろいろありましたなぁ」

ふいに海果と出会い、こいつが異質な存在だというのをこの場所で思い知らされ、その後は様々な出来事が起きた。

春瑠先輩や冬莉の初恋に決着がつき、恋する人間が晒《さら》す感情や表情を知った。

なのに、ほとんど知らない。

「海果のことを教えてほしい」

表情は笑っているのに、瞳の奥には寂しさのようなものを抱えたお前のことを。

僕はまったく知らないから、教えてほしいと思うようになった。

「謎多き美少女中学生と幸運のイルカを掛け持ちしてまーす」

「……ふざけんな!」

僕の怒鳴り声は少しだけ震えていた。

ふざけた返事をする海果は予想通りだったのに、なぜか無性に苛立《いらだ》った。

童顔の女の子に苛立ちの矛先を向ける自分の弱さ……力任せに髪を掻《か》きむしった僕は自己嫌悪しながら、大きな溜《た》め息《いき》として吐き出す。

「怒ってる少年はあまり好きじゃないなぁ」

「僕を怒らせてるのはお前だろ……」

「ちょっと意味がわからないんですけど～？」

冷静に向き合うつもりだった。

感情的にはならないと自らに言い聞かせたつもりだった。

それなのに、なぜだろう。

いまの海果を見ていると、原因不明の溢《あふ》れ出《で》る感情が抑えきれそうにない。

「お前……なんなんだよ!!　僕と海果は去年の夏に初めて会ったばかりだよな!?　それなのにどうして……どうしてお前と遊んだ記憶が僕の中にあるんだよ!!」

海果は軽口を叩《たた》かなかった。

僕の言葉で殴られ、口を噤《つぐ》んだまま瞳を大きく見開き、動揺したかのように唇を震わせているだけ。

やめてくれ。なぜそんなに悲しそうな顔をするんだ。

「お前が僕よりも目線が高いときなんてなかっただろ！　子供だった僕の頭をお姉さんぶって撫でる機会なんて……あるはずないだろうが！　勝手に僕の記憶に入り込んでくるな！　僕の思い出を……捏造《ねつぞう》するな!!」

徐々に息が切れ、荒々しく吐き出した言葉が途切れ途切れになっていく。

そうだ、太田山《おおだやま》公園で海果と話したときも〝記憶に存在しない〟映像が一瞬だけ頭を過《よぎ》った。気のせいだと思っていたけれど、こうなるとすべてが繋《つな》がっていく。

どうだ、海果。

もっと生意気に言い返してこいよ。頼むよ。

僕の言い分なんて都合のいい妄想すぎるって……軽く笑い飛ばしてくれよ。

そのほうが僕も好き勝手に感情をぶちまけられるからさ。

「お前は僕にとっての……なんなんだって聞いてんだよ‼」

喉が詰まる。絞り出した叫び声が掠《かす》れていく。

もっと僕を嘲笑《あざわら》い、のらりくらりと誤魔化《ごまか》しながらウソを吐《つ》いてくれ。


「ごめんね……少年くん」

卑怯《ひきょう》だろ、それは。

お前が今にも泣きだしそうな顔をしているから、弱々しい声音で謝るから……もう何も言えなくなるだろうが。

こちらに向けて歩き出した海果は、僕の横を素通りしようとした。

「どこに行くんだよ……」

海果の腕を咄嗟《とっさ》に摑《つか》み、足を止めさせる。

僕の手を振《ふ》り解《ほど》こうとしているが、小刻みな震えが嫌というほど伝わってきた。

「……イルカの髪飾りを探します」

「そんなこと――」

「そんなことじゃないんですよ!!」

さっきとは真逆。今度は海果の感情が破裂し、僕の声を掻《か》き消《け》した。

「イルカを探すなって……まさかキミが言うの!?　少年が……わたしに!?」

まるで僕がおかしな発言をしたとでも言わんばかりに海果は取り乱し、悲しみに満ちた表情を晒しているので……僕は押し黙るしかない。

何を言ってるんだ、こいつは。

僕はそんなにおかしなことを口走ったのか。

核心の言葉をかろうじて飲み込んだ海果は、静かに俯《うつむ》く。

「少年は悪くない……わたしがここにいるのが悪いんだ……」

ぶつぶつと呟《つぶや》き始めた海果の様子は憔悴《しょうすい》に近く、これまでの軽い言動と比べると常軌を逸していた。

「お前が教えてくれないなら、僕のほうからお前のことを知るために動く」

「やめて!!」

海果の叫び声と同時に、僕の手は強引に振り解かれてしまう。

「これ以上、少年は知らなくていい！　いいから！　もうやめて！」

「誰のせいだと思ってんだ……お前が何も教えてくれないからだろうが！」

「知らなくていいからですよ！　キミには何も関係ない！」

「お前の過去に僕が関係ないのなら……お前はどうしてそんな顔をしてるんだよ!!」

元気ハツラツな海果はどこにもいない。

ここにいるのは、悲愴《ひそう》が込められた瞳で僕を見据えてくる弱々しい女の子だった。

「少年の初恋を……邪魔したくない。いまのわたしは、もう邪魔者だから……」

海果が原因で春瑠先輩との初恋が終わったと……そう言いたいのだろうか。

春瑠先輩への片思いを応援してくれていた海果は、僕にとって邪魔者だったのだろうか。

痛々しい表情を見ていられず、僕は目を逸《そ》らしたくなってしまう。

ありふれた励ましの台詞《せりふ》など、いまの海果には無意味。

ゆっくりと歩き始めた海果が遠くに去っていくのに、僕はあとを追えなかった。

足が重くなり、持ち上がらなかった。

その場に取り残された男は答えが出ないまま、困惑の原因がわからないまま、人気のない夜の路地にただただ立ち尽くすことしかできなかった。

第三章　僕が嘘だと思いたいから、お前が話していることは嘘だ

数日後。

一月半ばに行われる全国共通テストに挑んだものの、自己採点結果は微妙な点数になってしまった。

原因は火を見るよりも明らか。

基礎的な学力が追いついていないのに加え、思考回路が雑念で埋め尽くされているためテスト中も苛立ちが生じ、どう考えても集中力を欠いていたのだ。

それに、失恋もした。僕にとっては小学生からの片思いが終わった大失恋だ。

春瑠《はる》先輩はここまで見越していたのだろうか。

初恋に縛られている僕を見透かし、見て見ぬふりを気づかせて、潔く終わらせるために。

責任を無理やり押しつけるとすれば、海果《うみか》のせい。

以前までは海果を不思議な存在としか思っておらず、せいぜい生意気な妹くらいの立ち位置でしかなかったのに……ちょっと気を抜けば海果の顔が脳裏をかすめ、元気な声が頭の中を回る。

特に先日の憔悴した表情は記憶にこびりついて忘れさせてくれない。

あんなに取り乱す海果を見たのは初めてだったし、困惑しながら狼狽《うろた》えるばかりの自分がなおさら無力感を煽《あお》り、僕自身に腹立たしくなった。

このままではいけない。しかし、どうしたらいいのかわからない。

すべてが停滞し、僕は現状で立ち止まったままの空っぽな日々を過ごしていた。

部屋の机に向かう。

ただ受験対策用の書籍を眺めているだけで、右手に握ったペンの先は動かない。

様々な書籍やノートを勢いよく閉じ、ペンを潔く置いた。

洗面所に移動し、冷たい水で顔を思いっきり洗う。

「……まずはあいつのことを知らないと何も始まらないよな」

ある意味、開き直った。無理やりにでも開き直らざるを得なかった。

それくらい、春瑠先輩の真《ま》っ直《す》ぐな言葉は劇薬になったのだ。

あまりにも劇薬すぎて数日間は心の傷跡を引きずったが、いまとなっては迷いの靄《もや》が多少なりとも晴れたような気がする。

少なくとも、優先順位ははっきりとしてきた。

気が引けないと言えばウソになるが、直接聞いても素性をはぐらかされるのならこちらから仕掛けないと何も始まらない。動き出さないと、停滞した現状は崩せない。

海果を知りたい。あいつは僕にとってどんな存在だったのかを。

それは嘘《うそ》偽りのない気持ちだ。

それに、僕にも知る権利はあるだろう。

もしも記憶の水底に海果がいるというのなら、僕も他人事《ひとごと》じゃないから。

お前だけが一方的に真実を抱え込み、一人で背負っているなんて納得いかないんだ。

春瑠先輩に言われた、やるべきこと。

いまの僕が、いちばん望んでいることは――

アウターを着込んだ僕は冬の町に身を投じ、海果の手掛かりを探すため〝とある場所〟に向かった。


放課後の夕方。地元の中学は部活が始まっており、吹奏楽部の練習と思われる楽器の甲高い音色や運動部がグラウンドを走るときの掛け声が響き渡っている。

帰宅部の大半はすでに帰ったためか、昇降口や校門は人の流れが少なかったものの、制服や運動着を着た中学生は時折ながら通りかかっていた。

僕は校門付近に佇んでいる怪しい男と化し、帰宅しようとしていた中学生たちに片っ端から近づく。

「僕は怪しいものではないんだけど、君たちに聞きたいことがあってさ。女子中学生を探してるんだけど」

警戒心を解くためにぎこちない笑みを繰り出し、軽快に話しかけたのだが……

「こわっ！　不審者じゃん！」

「待って！　僕は普通の高校生で！」

明らかに警戒され、不審者扱いされた挙句にそそくさと逃げられてしまったのが地味に悲しい。まだ十八歳で身嗜《みだしな》みも清潔に整えているつもりなのに。

母校でもない中学にやってきた理由は一つ、海果の情報を探すためだった。

あいつの身元に関して唯一のヒントは、いつも着ている制服。

あのデザインの制服を着た中学生は地元の駅前などで何度か見かけており、近場で思い当たるのはこの中学のみというわけで情報収集にやってきたのだ。

もし海果がこの学校に通っていたとすれば、少しでも情報が手に入るはず……って、これでは僕がストーカーみたいでは？　不審者扱いされるのも当然なのでは？

逮捕の影に怯《おび》えつつも粘り強く声を掛け、海果を知っていそうな人物を探してはみたが、写真もなければ年齢などの情報も一切不明という説明のしづらさによって小さな手掛かりすら摑めそうになかった。

高校三年の冬という最も大切な時期をこんなことに使うなんて……誰がどう見てもバカだよな。湧きあがる虚《むな》しさを押し殺し、日が暮れて冷え込みが厳しくなってきても聞き込みを続けた。

「あのー、お兄さん。中学校の前で何してるんですか？」

恐れていた事態が発生。

僕の挙動があまりにも不審だったのか、それとも誰かが通報したのかは定かではないが通りかかった警察官に職務質問をかけられてしまった。

「ちょっと人を探してるんです。この中学に通っているかもしれなくて……黒髪ロングの元気な女子中学生なんですけど、イルカの髪飾りをつけていたんです。あとは、えっと……なんだろう」

身振り手振りで描く説明したものの、警察官の頭上に疑問符が浮いているのを感じる。

「その中学生とキミはどういったご関係？」

「あいつとの関係……なんだろう。友達みたいな感じですかね？」

曖昧な態度の僕を怪しく思ったのか、警察官に疑いの眼差《まなざ》しを向けられる。

「もしかしてアイドルのファンとか？　最近多いんだよね〜、推しが通っている学校とか自宅を突き止めて待ち伏せする過激な人とか」

「ち、違います！　僕はそういうの一切興味ありませんから！」

まさかの過激なアイドルオタクだと勘違いされそう。誰か助けてくれ。

海果について詳しく説明できない人物が不審に思われるのは仕方なく、冷静に考えれば一方的に友達だと思い込んで押しかけてきたヤバいやつに見えなくもない。

この会話を聞いていた周囲の中学生や通行人も野次馬《やじうま》根性で足を止め、変な視線でめった刺しにしてくるので心が折れそうになってきた。

事情聴取のために連行され、学校や親に連絡がいったらどうしよう……などと、無用な心配がぐるぐると渦巻いたが、ここで撤退したらもう手掛かりは摑《つか》めないと思った。

予想以上に人が集まってきているのは、むしろチャンスなのでは？

僕の声をより多くの人に聞いてもらうためには。

「この中で〝海果〟っていう女の子を知ってる人はいませんか⁉　イルカの髪飾りをつけた元気なやつなんです！　あと、めっちゃ足も速いです！」

「おい！　迷惑だからやめなさい！」

「ちょっと腹立つ……いや、かなり腹立つことを言ってくるけど、寂しそうな顔も見せるから……なんだかんだで放っておけないやつなんです！　あいつのことを知りたい！」

「キミ！　やめなさいって言ってるのがわからないのか！」

周囲の人々に向け、僕は叫ぶように問いかけた。

警察官に怒鳴られながら肩を摑まれて制止させられそうになるが、怯《ひる》まずに肩を揺らして振り払う。

「どんなに小さい情報でもいいので、誰か……誰か教えてください‼」

ネットやSNSが発達した時代にアナログの力業で人探しをする……こんな行動をする一般人はどこからどう見ても怪しいやつだし、周囲からもそう見えているはずだ。

驚き、恐怖、物珍しさ、嘲笑。

どんな負の感情を向けられようが構いやしない。学校前で女子中学生を探し回る謎の男、字面だけでも相当危ない匂いがするだろう。

だとしても敷地内に侵入したわけではないし、暴言を吐いたり危害を加えてもいない。

親に連絡がいこうと、母さんならネタにして笑ってくれるはずだ。

付きまとい行為で警告される程度なら、今回に限り甘んじて受け入れてみせよう。

「キミはずいぶん若そうだけど未成年？　ちょっとあっちで話を聞くから」

この場を落ち着かせたい警察官に腕を引かれ、ここから引き離されてしまった。

口頭で軽く注意されただけで済み、すんなりと解放してもらえたのはありがたいのだが収穫はなく、疲労感だけが重く圧《の》し掛かる。

無駄足だった……と、気落ちしながら帰ろうとしたとき——

「あなた、さっき校門の前にいた人……だよね？」

「はい、そうですが……」

中学校近くの道端で突然、細身の男性に話しかけられた。

スラックスにジャケットという清潔感のある服装、目元の小じわや白髪が目立つ外見から僕よりも年上の大人だと思われる。

「突然ごめんなさい。私は中学で教頭をやっている者なんだけど、帰り際にあなたが人探しをしているのを見かけたので。あなたが探していた人の名前……もしかして〝海果〟って言っていたかな？」

「海果のこと、知ってるんですか？」

夜道で突然話しかけてきたこの男性は、さっきの中学で勤務する教頭先生だという。

先ほどの恥ずかしい行動を偶然見られていたらしい。

「その名前に心当たりがあってね、ちょっと気になったんだ。あなたが探している人の特徴と私が知っている子は共通点があるかもしれない」

「その子はイルカの髪飾りをつけていましたか⁉」

「んー、どうだったかなぁ。髪飾りはつけていなかった気がするけども、長い黒髪の元気な女の子だったのはなんとなく覚えているよ」

いちばんの特徴である髪飾りはなし……か。海果という名前はたいして珍しくもないし、長い黒髪の元気な女の子なんて中学には大勢いるに違いない。

善意で声をかけてくれた教頭先生には申し訳ないが、同名の別人である可能性が高まってきた。

「その子の写真とかありますか？　もし可能であれば見せていただけるとありがたいのですが」

「いまは個人情報の管理が厳しいからね。力になれなくて申し訳ない」

ダメ元の頼みだったが、やんわりと断られてしまった。

個人情報にうるさい昨今、住所や電話番号はもちろん生徒の情報を部外者に伝えるのは基本的に難しいようだ。

「あなたが探している海果は中学生なんだね？」

「はい、そこらへんにいる普通の中学生みたいなやつです。体格や顔つきも含めて大人ではありません」

「それならこの学校に通っていた子とは違うようだ」

教頭先生は何かを察したのか、別人だと断言し——

「秋楽《あきら》海果という生徒がこの学校に通っていたのは十年前の話。そして、その生徒はもういなくなった。私から言えるのはこれだけだよ」

教頭先生の口ぶりに対する小さな違和感の理由がようやくわかった。

海果のことを話すときの口調がほぼ過去形であり、思い出そうとする仕草も相まって『最近の記憶ではない』という意味が滲《にじ》み出ていたのだ。

「もし当時のことを知りたいなら日曜日にここへ行くといい。秋楽海果について詳しい人に会えるかもしれないから」

教頭先生はそう言いながらメモ帳を取り出し、ペンで簡易な地図を書いてくれた。

「すみません……いろいろありがとうございました」

切り離されたメモ用紙を受け取った僕が頭を下げると、教頭先生も会釈を返し、向こうは帰路についていった。

帰宅した僕はリビングのソファに深く腰掛け、天井を眺めながら考え込んでいた。

はっきりさせるどころか混乱を塗り重ねたに過ぎない。

教頭先生が知る海果は、僕の知る海果と別人……普通に考えればそういう解釈になる。

十年前に中学生ならば僕よりも年上でないとおかしいからだ。

秋楽海果、僕の知っている海果の特徴に似ているらしい少女のフルネーム。

そいつは十年前には確実に存在し、中学生として木更津《きさらづ》にいたという。

「秋楽海果……十年前……木更津の中学生……いなくなった……」

ふと気づいた。欠けていたピースが揃《そろ》い始めている。

スマホを手に取った僕は断片的な情報を検索ワードとして打ち込み、さらなる手掛かりを掘り当てようとする。

別に空振りでもよかった。大きな進展を意識したわけでもなければ、これで海果の正体が判明するなんて期待もさほどしてなかった。

覚悟なんてまったくしていなかったから、心が無防備だった。

無関係だとわかる膨大な量の検索結果に紛れた地方のネットニュースが目に留まり、何気なく開いた瞬間、スマホに触れていた指がぴたりと止まる。

心臓が大げさな鼓動を刻み、額から異様な脂汗が滲む。

自らの瞳が震えながら、大きく見開いていくのがわかる。

行方不明

ニュースの見出しに書かれたその文字が、脳裏に焼きつく。

秋楽海果という名前の上には僕の知る海果の顔写真が載っており、心のどこかで別人だと思いたかった僕の甘っちょろい願望が全否定された。

この小さな地方ニュースが配信された日付は、十年前の夏。

内容を要約すると――警報も出ていた大雨の夜、市内在住の女子中学生が行き先を家族にも告げぬまま外出し、そのまま消息が途絶えた。

後日、市内を流れる川の河口付近で中学生のものと思われる靴が発見され、懸命の捜索が行われたがそれ以上の手掛かりは摑めず、警察は事件性の有無を含めて捜査している。

その中学生の名前が、秋楽海果。

当時十四歳。

僕は激しく動揺しながら他の記事も片っ端から探した。

無事に生還、または最悪の結末……その後どうなったのかを知るために、さらなる情報を欲した。ない。見当たらない。生存、または死亡……どちらもだ。

かろうじて読み取れたのは、現場の状況や本人の直前の言動から事件性はないと判断され、事故の線が濃厚になったということだけ。

あの日は大雨が降り続き、河川が増水して流れも荒々しかった。

そこに何らかの事情で近づいた秋楽海果が誤って転落した可能性が高い、と。

いくらネットの海を泳ごうとも続報はほとんどなく、この件に関する現状はこれしか考えられなかった。

行方不明のまま、未解決。

全国の行方不明者は年間で約八万人と聞いたことがある。次第に関心は薄くなり、やがて捜索や捜査の人員が削られ、年月が経《た》つほど情報提供も顕著に減っていく。

僕自身もそうだが、十年前の地方ニュースなど衝撃的な内容でもない限り覚えていなくても違和感はないし、小さく報道されただけの被害者の名前など記憶から薄れる。

僕ですら十年前の夏は九歳。当時小さな子供だった現役中学生たちに聞き込みをしても疑問符を返されるのは当然だった。

秋楽海果の親族がネット上に開設したのだろうか。行方不明になった娘の情報提供を呼びかけるページも検索にヒットしたが、無事に発見という更新はされていなかった。

ネットニュースのコメント欄には、好き勝手なこじつけで自殺の可能性を騒ぎ立てるような部外者の書き込みもある。

ほとんどが当時の憶測……確実性の高い最新情報は発見できない。

僕が詳しく知りたいのは、十年前に地元でひっそりと起こった中学生の失踪。ネットでの情報収集には限界があり、これ以上のネット検索は無意味だと悟った。

「ここまできたら引き返せないよな」

あいつは知られたくないのかもしれないけれど、海果の過去に僕がいて、僕の過去に海果がいる可能性が僅かでもあるなら——無知な傍観者のままではいられない。

教頭先生にもらったメモ用紙を上着のポケットから取り出し、地図の場所を確認する。

次の日曜日の予定が、決まった。

＊＊＊＊＊

市内を流れる川に沿った歩道。

川幅は数十メートルほどなので巨大な印象はないものの、河川敷は平坦《へいたん》に舗装されているわけではなく荒れた斜面になっており、橋から見下ろすとそれなりの高さも感じる。

冬なので草木は枯れているが、夏になれば雑草や葉っぱが生い茂って見通しが悪いような場所だ。

朝九時。地図に書かれていた地点の付近で散歩を装いながら歩き回っていると、反対側から歩いてきた女性が歩道の隅で立ち止まった。

母さんと同世代くらいの大人だろうか。細身のデニムにダウンジャケットという飾りっ気のない服装やノーメイクと思われる肌は、目立たない地味さを感じさせる。

女性は肩に掛けていたトートバッグからチラシの束を取り出し、その場に佇《たたず》んでいた。

いったん離れた僕は遠目から観察していたのだが、通行人が歩道に現れるたびに近づいていっては話しかけつつチラシも配っていた。

ずっとその繰り返し。中には先を急ぐ通行人もいるため露骨に無視されたり、チラシを受け取ってもらえない場面も多々あった。

一月中旬の屋外は冷え込みも厳しく、手袋をしていても指先が悴《かじか》む。

しかし、女性は立ち続けていた。ときおり白い吐息を手に吹きかけながら、冷たくなっているであろう指でチラシを配り続けていたのだ。

雰囲気でわかる。教頭先生が言っていたのは、たぶんこの人だろう。

「好奇心旺盛な少年くんは困った人だなぁ～まったく。乙女の秘密を暴こうだなんて趣味悪すぎる～」

音もなく忍び寄った海果が僕のとなりに現れていた。先日の脆弱《ぜいじゃく》な表情が脳裏に濃く焼きついていたものの、今日は不機嫌そうな表情を晒《さら》している。

「お前の過去を詮索するような真似《まね》をしてごめんな。でも、いまさら引く気はないぞ」

「ここまでたどり着いたらバレるのも時間の問題なので、もう止めません。好きに詮索してもらって構わないですが、わたしの姿が見えることは言わないでください」

「どうして？」

「わたしを探している人に対して、根拠のない希望を持たせることほど残酷なことはないから、ですかね」

そう呟《つぶや》いた海果は「まあ、まず信じてもらえないでしょうけど」と吐き捨てながら一歩下がり、やや後方から見守る。

僕が一歩ずつ前進し始めると女性もこちらに気づいたらしく、歩み寄ってくる。

「すみません、ちょっとお時間よろしいでしょうか？」

丁寧な言葉遣いで先に声をかけられた。

「十年前に行方不明になってしまった女子中学生を探しています。どんなに小さな情報でも構いませんので、何かありましたらご連絡いただけると幸いです」

やはり秋楽海果の関係者らしく、チラシを差し出されたので受け取る。

僕は足を止め、チラシをじっと読み込んだ。

自作と思われるチラシには海果の顔写真と年齢、失踪の日時、身体的な特徴、失踪当時の服装などの情報が記載され、警察署への連絡先も載っていた。

ネット検索をした時点で覚悟はしていたが、これは間違いなく僕の身近にいた海果だ。

憶測が確信へと変わりつつある。

海果の姿が特定の人からしか目視できなくなり、片思いの結末を見届ける不思議な存在になったのは、十年前の出来事が絡んでいるのではないだろうか。

そのあいだ、容姿が一切変わらないままだったとしたら——

「あの……何か知っていることがあるんでしょうか？」

無言でチラシを見続ける僕に対し、女性は少しだけ期待を込めた問いかけをする。

「ああ、いえ……十年前は子供だったので詳しくは知らなくて」

「そうですよね……チラシをずっと見詰めていたので、もしかしたらと思ったんですけど」

女性の声音には明らかな落胆の色が感じられた。

さすがに『みまち通りによく現れる』『つい最近キャッチボールをした』などとは口が裂けても言えず、なるべく顔色を変えずに知らないふりをした。

現状、あいつは幽霊みたいな立ち位置。ほとんどの人に海果の姿が見えていないのであれば、何を話したところでインチキ霊能者扱いされそうだから。

「違っていたら申し訳ないんですけど、あいつ……じゃなくて、この子の母親ですか？」

「はい、海果の母親です」

この女性をあらためて近距離から見た瞬間に察した。

顔の特徴が海果に似ていることを。

「あの子が帰ってこなくなってから長い年月が経ち、新しい情報もあまり入ってこなくなって……でも私は諦めが悪いから、仕事が休みの日はこうやってチラシを配っているんです。あの子とまた会って……いろいろ話したいから」

いる。いるんだよ。

あなたの探している娘は、僕のすぐ後ろにいるのに。

親子がこんなに近くにいるのに、言葉を交わすこともできないなんて残酷すぎるだろう。

どうしてこうなったんだ。どうして。

理不尽な運命に憤り、無力な自分に不甲斐《ふがい》なさが満《み》ち溢《あふ》れてくる。

十年ものあいだ自分を探す母親を遠くから見詰めている海果は、いま何を思っているのだろうか。

「ここが海果の靴が見つかった川で、このあたりは足取りが途絶えた場所なんです。失踪当日の目撃情報があれば、海果がここに来た理由もわかるかなと。事件か事故か……単なる家出とか……なんでもいい。せめて失踪の原因だけでも知りたいって……思うんですよ」

母親は強がって平静を装っているが、潤んだ声が震えていた。

僕が無意識に強く握りしめた拳には熱が帯びていき、当初の欲求がさらに膨れ上がっていく。海果のことをもっと知りたい、と。

「チラシを配り終えたらで構わないので、海果さんのこと……もっと教えてもらえませんか？」

「ええ、いいですけど……配り終えるのは時間がかかるかもしれませんよ」

「実はヒマを持て余しているので僕も手伝います」

「で、でも……さっき会ったばかりの方にそこまで親切にしてもらうのは申し訳ないというか、こういうときはバイト代を払ったほうがいいのかしら……？」

「いやいや！　ボランティアの白濱夏梅《しらはまなつめ》です！　よろしくお願いします！」

突然の申し出を受けた母親は遠慮気味の困った表情になったが、僕の熱意に根負けしたのか「ありがとうございます。それでは白濱さんのお言葉に甘えて……」と手に持っていたチラシの束を分けてもらう。

「白濱さんは海果のことが気になっているのでしょうか？」

「子供のころに会った誰かに似てるような……たぶん他人の空似ですけど、そんな気がちょっとしただけです」

おぼろげな記憶の破片が僕を動かす。

不可思議な存在と化した海果を母親に見つけてもらうのは難しいけれど、目撃者がいて当時の状況がわかれば原因を突き止められるかもしれない。

海果は具体的なことは何も言わない。現状だと僕以外の誰にも伝えられない。

でも、僕らの行動を止める術《すべ》も海果にはないのだ。

僕は周辺を歩き回りながら、視界に入った通行人に声をかけまくった。

もちろんチラシを受け取ってもらえなかったり、中には「忙しい」だの「邪魔」だの心無い言葉をわざわざ言い残して去る人もいた。

その都度、腹立たしくなる。だが大多数の人間にとって所詮は他人事《ひとごと》……むしろ、ちゃんと足を止めて十年前の話に耳を傾けてくれる人のほうが稀《まれ》なのだ。

「お願いします。どんな小さな情報でも構いませんので……どうか」

通行人に何度も頭を下げる海果の母親。

顔がやつれて見えるのは、心身を休めるはずの貴重な休日に十年ものあいだ頭を下げ続けたから。そう思えて仕方なかった。

午前中から始めたチラシ配りも目新しい情報提供は一切なし。

日が暮れたころにチラシの在庫が尽き、周囲が暗くなってきたので撤収した僕たちは徒歩圏内にあるコーヒー豆専門店に場所を移した。

「……で、どうして冬莉《とうり》がとなりに座っているのかね？」

コーヒー豆専門店といえば冬莉の家。

冬莉の父である店長が快く承諾をしてくれたので、豆を買うついでに店の試飲スペースを使わせてもらえることになったのは喜ばしいのだが、なぜか冬莉もとなりに座った。

「……夏梅センパイがまったく勉強していない雰囲気を感じていたんですが、人探しのボランティア活動をしていたとは思いませんでした」

「実はそうなんだ。ボランティア夏梅になっていたのだ」

「……なので、夏梅センパイの現状を把握しておかねばならないですよね」

「おかねばならないのか？」

「……ならないんです」

こいつ、こうなると意地でも動かないんだよな。

店に来た直後、冬莉には小声で状況を説明してある。

そうしないと『最近まで海果が見えていた』などとうっかり言い出し、インチキ霊能者の仲間入りになってしまうからだ。

ちなみに忘却の夏が過ぎ去った以降、冬莉の前には海果が現れていないらしいので、近い人間関係の中では海果の姿が見えるのは僕だけということになる。

正面に座っていた海果の母親が苦笑いしているので、さっさと話を進めていきたい。

店内に海果の姿は見当たらない。僕も突っ込んだ質問ができそうだ。

「白濱さんが知りたいのは海果のこと……でしたよね」

「はい。もしかしたら子供のころに少しだけ会っていたかもしれなくて……何か思い出せるかなと。その人が海果さんと別人かどうかも判断できるかと思いました」

母親が語る海果と、僕のモノクロ映像に登場した何者か。その両者の印象が大きく異なれば別人という証明にもなり、僕を苦しめる迷いの種が一つ減る。

「海果は……いつも笑顔で明るくて、太陽みたいに元気な子でした。イタズラも好きなのは困りものでしたけど、すぐに誰とでも仲良くなる。誰からも好かれる子だったんです」

母親が優しい声音で話し始めた海果の印象は、僕の知る海果そのものだった。

「あの子は走るのがとっても速くて、小学校ではいつも一等賞。中学では陸上を始めたんですけど、一年生の時の県大会でもかなり上位のタイムを記録していました。部活や自主練習でいつも忙しそうでしたが……あのときの海果は、毎日が本当に楽しそうでしたよ」

その光景を僕は知らないのに、容易に想像できてしまう。

そうだ、海果は足がめちゃくちゃ速い。元バスケ部の僕でも鬼ごっこで引き離されてしまうくらい、あいつは誰よりも速いと最近知ったんだ。

「レイコンマ数秒のタイムを縮めるために毎日遅くまで練習をがんばっていましたが……練習中にほかの部員と接触して転倒し、膝に大怪我《おおけが》を負いました。夢だった全国大会も諦めることになってから、あの子は明るさを少しずつ失っていきました」

思い出しながら話す母親の表情が険しくなっていく。

陸上選手にとって膝は命ともいえる。

夢だった全国大会への出場を断念するという出来事は、部活に青春を捧《ささ》げた者にとってあまりにも大きい喪失感となるのだろう。

膝の大怪我は全治まで数ヵ月ほどかかり、リハビリ期間も含めれば一年以上も全力で走れないこともある。

以前の走りを取り戻せるかわからない不安、怪我の再発を恐れるあまり練習中や競技中に感じる恐怖、怪我の光景がフラッシュバックして全力を出せない歯痒《はがゆ》さ。

それ以上に厄介なのは、周囲からの期待が一瞬で消えること。

僕もバスケ部をいきなり退部したので想像に容易《たやす》いが、周囲からの期待値が高いぶんだけ挫折したときの落差が激しく、露骨に関心を持たれなくなる。

応援してくれた人があっさり離れていったり、自分に向けられていた期待が驚くほど簡単に他者へ移ったり、終わった人扱いされて陰口のネタにされたり。

まだ幼い中学生には精神的な拷問に等しい。

「海果が失踪して少し経ったあと、校内で聞き込みをしてくれた中学の教頭先生から教えてもらったんです。海果は部活の友達と揉《も》めごとを起こしていたらしく、変な噂《うわさ》によって学校に居づらいような雰囲気だったと。私はすぐに悪いほうへ考えました……海果は、自ら命を絶とうとしたのではないかと」

親にも言えない学校での悩み、それから間もなくの失踪……事件性もない以上、そう結びつけてしまうのは仕方がないといえる。

「陸上をやめて塞ぎこむことが多くなったあの子に、私は酷《ひど》いことを言ってしまったんです。『たかが全力で走れなくなったくらいでそんなに落ち込まないで』って……私は親なのに、あの子の気持ちを少しもわかってあげられなかった。あの子は学校でいろいろなことがあったのに……私は何も気づいてあげられなかった。怪我で陸上をやめたのが原因だと……それだけだと安易に思って……何も知らなくて……私は……」

走れなくなったくらいで。

親にとっては〝次の夢をまた見つければいい〟という励ましの意図だとしても、それ以上の空白を一人で抱え込んでいた海果にとっては、その何気ない一言が鋭利すぎる刃《やいば》だったとしたら。

あいつは現実逃避もできなかった。

全力で走るという、唯一の逃げ道すらも失っていたとしたら。

「そして十年前の夏、大雨の日に家を飛び出したあの子は……未《いま》だに帰ってきていません。この十年間……ずっと後悔しています。私のせいで海果はいなくなってしまったんじゃないかって……私が海果を……」

涙ぐんだ母親はそれ以上の言葉を紡げなかったが、言葉の先をなんとなく悟った。

私が海果を、死なせてしまった。

生きていてほしいと望んでいるのに、心のどこかでは諦めて自責の念を抱えている……

そんな葛藤がひしひしと伝わり、僕の胸も締めつけられる。

苦しくて、苦しくて、たまらない。

「あいつはバカだけど笑わせてくれるバカなので、笑えないバカなことはやらない。他人を怒らせるのは上手《うま》いけど悲しませることはしない。海果はそんなやつだと、僕は思います」

もう抑えきれず、素直な想《おも》いが口から溢れてしまった。

「ふふっ……」

海果の母親は目元の涙を拭き、控えめな笑みを零《こぼ》す。

「白濱さん、まるで海果のことをよく知ってるみたいな言い方ですね」

「えっ、あっ、そうでした？　僕の勝手なイメージなので、気に障ったらすみません！」

「だいたいその通りです。私の娘は……海果はそんな子なんです」

ついボロが出そうになって焦った！

穏やかな表情を取り戻した母親は紙コップのコーヒーを飲み干し、小さく息を吐いた。

「そろそろ帰りますね。白濱さんと話していたら気持ちがちょっと軽くなりました」

「こちらこそ。海果さんのことを教えていただいて……ありがとうございました」

店の窓から見える景色は真っ暗に染まっていた。

海果の母親は近くの駐車場に車を停《と》めているらしく、僕らは店の前で別れた。

「……私たちは海果に何ができるんでしょうね」

アウターを羽織って帰り支度をしていた僕に対し、冬莉はそう投げかけてくる。

「それはわからないけど、あいつを〝幸運のイルカの役目から解放してあげること〟が唯一の解決法なんじゃないかな」

「……夏梅センパイにはそれができるんですか？」

「それはこれから考えるんだよ」

「……ようやくかっこいいところを見せてくれるかと少しは期待したのに、頼りにならないですね」

「誰も答えを教えてくれない問題の解き方を見つけるのは大変なんだぞ」

「……どうしてでしょうね。夏梅センパイなら解き方を見つけられる気がします」

「そんなに期待されても困る」

店から出た僕が帰路につこうと歩き出したとき、冬莉は缶ジュースを放り投げてくる。

振り向きざまに受け取った『さらっとしぼったオレンジ』は、キンキンに冷えていた。

「……がんばるな、とか甘いことは言いません。孤独で困っている女の子を助けるために、夏梅センパイはがんばってください。元マネージャーより」

温かいコーヒーではなく、マネージャー時代によく手渡してくれた飲み物なのが冬莉らしかった。

僕は応援されている。

春瑠先輩や冬莉が迷いを断ち切ってくれるから、やるべきことを見失わない。


冬莉の家から自宅に戻る途中のみまち通り。

夜道に灯《とも》った街灯の下に佇《たたず》む小さな人影が、生意気にもこちらを眺めていた。

「ボランティア活動は楽しかったですかぁ～？」

「めちゃくちゃ楽しかったぞ。お前の母ちゃんと仲良くなって連絡先も交換しちゃったな」

「はぁ？　ウチのママを口説かないでくださいよ？　いや、マジで？　ふつーに人妻なんで？　ウチの家庭を崩壊させる気ですか？　シャレにならないですからね？」

海果の顔は笑っているけど目の奥が笑っていない！　本気の圧を感じる！

「わたしのこと、ママからぜんぶ聞いたんですよねぇ」

「聞いた。お前の足がめちゃくちゃ速かったわけを」

「……そういうことです」

「……どういうことだよ」

「わたしは現実から逃げ出したくて、衝動的に増水した川へ飛び込んだんです」

「……違うだろ」

「はっきり言わないとわかりませんか？」

「……うるせえ」

僕が拒絶しているのを察したのか、海果は徐々に歩み寄ってきて……目の前に立つ。

「自ら死を選んだんですよ」

そう告げられた瞬間、沸騰した血が頭に上り、海果の胸ぐらを衝動的に掴《つか》んだ。

お互いに視線を逸《そ》らす気配はない。

瞳の表面に相手の姿を映したまま、無音の時間が過ぎていく。

「自分勝手で周囲の人を悲しませるわたしのことを……嫌いになりました？」

「……嫌いだよ」

「やっぱりそうですよねぇ」

「この期に及んで嘘《うそ》をついてるお前なんて嫌いだ」

「……嘘じゃないです」

「ごめん、訂正する」

海果の揺れる瞳が動揺を物語っている。

根拠はないけれど、僕がそう思いたいだけ。

「僕が嘘だと思いたいから、お前が話していることは嘘だ」

こいつはまだ何かを隠している、と思いたいだけだ。

胸ぐらから手を放した僕は、海果の頰《ほお》を……外側に軽く引っ張った。

「にゃ、にゃにするんふぇふかぁ〜!?」

「ふふっ……強制的に笑顔を作ってやったわ」

頰がびよーんと伸びた海果はアホ面すぎて、僕も吹き出してしまう。

不本意そうな海果が顔を高速で揺らし、僕の魔の手から逃れた。

「な、何するんですかーっ!!」

「お前はとにかく笑ってろ。シリアスな顔なんて似合ってないんだよ」

海果は呆気《あっけ》にとられた顔をしていたが、表情はすぐに変化する。

「ばーか、キミは本当にバカものなんだなぁ」

はにかむような微笑《ほほえ》みが、なんだか懐かしく感じた。

こうやって海果の笑顔を少しでも取り戻すことができたから、校門前での恥ずかしい行動も無駄ではなかったと思うことにしてみよう。

「はぁ〜〜、もう仕方ないですねぇ〜〜」

バカでかい溜め息《いき》を吐《つ》いた海果は、腕をストレッチしたり両足の曲げ伸ばしを始めた。

「それじゃあ鬼ごっこをしましょう。日付が変わるまでにわたしを捕まえることができたらどんな質問にも答えます」

「もし捕まえられなかったら？」

「捕まえられなかったら、永遠に謎のままです。わたしは少年の前に二度と現れません」

　遊びの雰囲気を醸し出しているが究極の選択だった。

　でも、ここで勝負を受けなかったらどちらにせよ前には進めない。

　海果を縛りつける幸運のイルカの役目から解放してやるために。

　そして、僕自身のおぼろげな過去と向き合うために。

「思いあがるな、中坊。元バスケ部のエースを舐《な》めんなよ」

　現役時代の血がぐつぐつと滾《たぎ》る。

　大切な試合の前は集中力が格段に上がり、身体《からだ》が異様に軽くなったのを思い出す。

　その感覚が久々に呼び起こされ、心地よい痺《しび》れが全身を駆け抜けていき、眠っていた筋肉が騒ぎ始め、足の指先まで熱くなっているのがわかった。

「よーいどん！」

「おい！　いきなり逃げるなんてズルいぞ！」

　僕が心の中でカッコつけている隙に、海果は抜群のスタート。夜のみまち通りを最短距離で駆け抜け、僕を置いてけぼりにした。

すぐさま追走する。

この広い木更津、しかも夜……一度でも海果を見失ったらその時点で僕の負けだ。

速い。お世辞抜きに一瞬で引き離されそうになる。

千切れるくらい足を動かせ。

前に、前に、ひたすら海果の背中に向けて追い縋《すが》れ。足掻《あが》いてみせろ。

膝を上げろ。向かい風の抵抗をぶち破ってみせろ。

僕は——海果の本音が聞きたい。

人気の少ない富士見《ふじみ》通り。海果は速度を緩めることなく突き進み、障害物も器用にすり抜けていく。引き離されない。僕の筋肉は悲鳴をあげ、それでも稼働をやめない。

幸運のイルカと化している海果に体力や疲労といった概念はあるのだろうか。どう考えても負け戦なのでは、という無駄な思考も疲労感に押し流された。

この勝負は勝つか負けるか、それだけだ。

息が切れる。自分の呼吸がうるさい。

海果の背中がじりじりと遠のいている。まだ加速できるのか。木更津セントラルの跡地前を通りすぎ、鳥居崎《とりいざき》海浜公園に入った海果は余裕のランニングを見せた。

舐められている。煽《あお》られた僕の闘志が推進力となっていく。

「僕はお前のことを諦めない！　お前を見捨てない！　どんなに頼まれたとしてもお前を放っておかない!!」

息を切らしながらも、叫ぶ。叫びまくる。

「僕が！　そうしたいからだ!!」

海果の小さい背中がぴたりと止まり、こちらへ反転した。

ゆっくりと歩み寄ってきた海果は観念した……と思いきや、僕に向かって急加速。上半身を左右に揺らし、体勢を低くしながらトップスピードで僕の横をすり抜けた。

振り切られた僕は重心を崩されながらも必死に手を伸ばす。

……指先が、海果の背中へ僅かに届かない。

「少年、ざーこ♪」

メスガキの教科書みたいな台詞《せりふ》で殴ってくる海果に、大人の僕はキレてしまったよ。

「大人の怖さを思い知らせてやる……」

「きゃー♪　顔が必死すぎてキモーい♪」

大人を舐めきった態度の海果は小生意気な表情を見せつけながら、再び夜の町を疾走していく。僕はひたすら追う。みっともなく腕を振る。

冬なのに汗が滴り、異様なテンションになってきた。

子供時代に戻ったかのような懐かしさを強く感じ始めたとき——

……まただ。モノクロの映像が脳裏を過《よぎ》り、現在の景色と重なる。

ほぼ同じような光景。町並みもあまり変わらない。笑顔で逃げる海果の背中を、僕と思われる視界が必死に追いかけているのに、目線はいまよりもだいぶ低い。

まるで背の低い小学生が中学生を追いかけているような——

モノクロの映像はここで途切れた。

お前を捕まえたら、僕が知らない記憶の破片の正体も教えてくれるんだろうな。

追いついてみせる。

お前がどこまでも逃げようとするなら、どこへでも。

様々な場所へ逃げる海果を追いかけているうちに、モノクロの映像は何度も流れていった。わかった。もうわかったから……いい加減、教えてくれてもいいだろ。

いたんだ。僕の記憶には海果が、確実にいた。

木更津の町を駆け回った二人だけの鬼ごっこも終わりが近づいてくる。

駅前に戻ってきたころには二十四時まであと二分。

海果は観念したのか西口の前で緩やかに速度を落とし、静かに立ち止まった。

「はあ……はあ……くは……」

僕は肩で息をしながら、重い足を引きずるように一歩ずつ前に踏み出す。

「これで終わりですねぇ」

海果は僕に背を向けたまま、そう呟《つぶや》いた。

普通に考えれば捕まるのを覚悟したのだろう。僕の勝ちは目前だった。

「ここでネタばらし！　別に少年がわたしを捕まえる必要はありませんでした！」

「どういうことだ……？」

「まもなく少年はすべてを思い出すからねぇ。鬼ごっこはただの茶番！」

「おい、海果……？」

「わたしがキミと遊びたかった。大好きなこの町で最後に少年くんと楽しく走り回りたかっただけなんだぁ」

聞き間違いじゃない。最後、と言った。

海果の声音は弾んでいるように聞こえたのに、嬉《うれ》しそうではなかった。

「もうすぐ〝永遠の夏〟が終わるから。わたしが誰かを好きになったら……幸運のイルカの代行が終わってしまうから。わたしと少年が再び出会った奇跡みたいな数ヵ月もそろそろ終わり」

永遠の夏、誰かを好きになったら、幸運のイルカの代行。

点と点が線として繋《つな》がっていき、モノクロだった破片が一枚の大きな記憶へと修復されていく。わかる。海果が発する言葉の意味が、なぜか理解できてしまう。

「幸運のイルカが起こす不可思議な現象は、現状維持の片思いを許さない。片思いが少しでも前に進むか、永遠に失われるのか……あれから十回目の夏が訪れるとき、幸運のイルカによって審判が下されます」

「な、なにを言って……海果……？」

「それは、わたしも例外じゃない……だって――」

海果は切なさを含んだ微笑みを取り繕い、こう告げる。


「だってわたしは、幸運のイルカの代行。七つの季節が訪れた〝最初の一人目〟だから」


駅の時計はいつの間にか二十四時を回っていた。

「時間切れ。わたしの大勝利だね」

「僕はまだ……お前と話したいことがたくさんあるんだ」

「まだ遊び足りないのかぁ～、仕方ないなぁ。それなら、かくれんぼをしようか」

「かくれんぼは……嫌だ。お前と会えなくなる気がして……」

「イルカを見つけたら、また会えるから。キミとわたしの再会がそうだったように」

「待て……待ってくれ」

嫌な気配を察した僕は咄嗟《とっさ》に走り出し、海果に向けて手を伸ばす。

そんな、そんなことがあってたまるか。

僕はまだ、お前に――

「心から楽しかったよ、少年。またいつか、全力の鬼ごっこしよう！」

伸ばした手は、無情にもすり抜けた。

一秒前まで海果は存在していたのに、どこにもいない。

おかしい。儚《はかな》い笑顔の残像はあるのに、海果の姿はどこにも見当たらない。

深夜の駅前に一人取り残された僕は唖然《あぜん》と立ち尽くしたまま、混乱した思いで瞳を見開いていた。

「どうしてこうなるんだよ……どうして!!」

受け入れられない。行き場を失った様々な想《おも》いが一気に溢《あふ》れ出《だ》し、絞り出した叫び声が夜空に吸い込まれていった。

…………

……

なんだ……これは……

海果が消失してから間もなくのことだった。

モノクロだった映像が色づき始め、頭の中に流れ込んでくる。記憶に注《つ》ぎ足《た》されるような感覚に陥り、僕は顔面蒼白《そうはく》になりながら頭を抱えた。

知っている。僕はこの記憶を、知っている。

海果との思い出が濁流のように押し寄せ、次々と脳内に流れ込んでくるのを止めようがなかった。

会っていた。僕は子供のころ、海果と。

いや——彼女を呼び捨てになんかしていない。

だって……僕よりも年上だったのだから。


「海果姉……」


頭を抱えながら、すべてを思い出した僕はそう呼んだ。

僕が、悪かった。

僕の本当の初恋が、すべての元凶だった。


「僕が……海果を……」

白濱夏梅が、秋楽海果を〝幸運のイルカ〟にしてしまったんだ。

第四章　キミは大バカ野郎なんだな

僕が九歳のころ、すでに家庭の亀裂は修復不可能になっていた。

毎日のように響き渡る言い争いや怒鳴り声。

頑固で堅実主義な父さんと放漫で自由主義な兄さんの主張は水と油であり、日常生活においても小さな意見の違いが火種となって大喧嘩《おおげんか》に発展する。

親子の確執が決定的になったのは、二年前に揉《も》めだした兄さんの進路だった。

勉強の環境が整った私立の中高一貫校を受験させたい父さんと、受験はせずにバスケが思いっきりできる地元の中学を望んでいた兄さんの意思は相容《あいい》れず、やがて親子喧嘩から明確な確執へと変化してくる。

父親は兄さんの第一志望を渋々受け入れた代わりに、理想通りに育てるのを放棄した。

兄さんが中学に入学し、この時点で父さんと兄さんは絶縁も同然だったのだ。

母さんは二人の言い争いを止めようとしていた。

怒りや嘆き、悲しみが錯綜《さくそう》した三人の声が否応《いやおう》なしに耳を劈《つんざ》く毎日は、小学生の僕にとって精神的な拷問に等しく、自分の部屋に閉じこもっては耳を塞いでいた。

父さんの怒声、兄さんの反抗、母さんの嗚咽《おえつ》……すべてが真っ白に消えてほしかった。

学校にいるときだけは静かだったから、家に帰りたくなかった。

下校時刻を過ぎたら学校を出なくてはいけないので、波止場や海浜公園など用事もないところに寄り道したりしながら時間を稼ぎ、憂鬱を抱えたまま帰宅していた。

「お前の兄は顔が似ているだけの偽者だ。夏梅《なつめ》は私を失望させるな」

僕の部屋に入ってきた父さんが、険しい表情でそう言ったのをよく覚えている。

このころからだろうか。

兄さんが偽者扱いされ、僕が本物として過度な期待を向けられるようになったのは。

「ごめん、夏梅。心配かけて……ごめん」

母さんが泣きながら僕に謝るのは何度目だろうか。

見たくなかった。母さんが辛《つら》そうに泣くのは兄さんのせいだと思うようになった。

そう感じるたび、兄さんとの会話が顕著に減っていった。

向こうは気安く話しかけてくるのに、僕は余所《よそ》余所しく距離を置き始めたのだ。

僕に求められているのは従順な操り人形のような役割だと子供心ながら悟り、本当の居場所を見失っていった。

でも、僕がその役割を果たすことで家族が仲直りするのなら、僕が生まれたころみたいな家族の笑顔を取り戻せるのなら、僕は感情を殺していく。

僕はいつの間にか笑わなくなっていた。

家族の笑顔が欲しくて、いつかそうなると信じて悪夢のような日々を静かに耐え続けた。

暑さが本格的になってきた夏の始め。

小学校の校外学習が開催され、潮干狩りのために地元の海岸へ連れていかれた。

海水で湿りきった遠浅の砂浜では、クラスメイトの小学生たちや引率の先生が仲睦《なかむつ》まじく貝を掘り当てていたのだが、僕は何もせずに遠くから眺めていた。

家庭の状況が常に頭の片隅にあり、学校行事を純粋に楽しめなくなっていた。

家に帰れば誰かが激怒し、誰かが悲しんでいる。

そんな声を拒絶し聞こえないふりをしながら、事態が過ぎ去るのを待つだけの日々に希望なんてなかった。

心底楽しそうに潮干狩りをしているクラスメイトたちは、さぞかし温かい家庭で育てられているのだろう。帰宅したら潮干狩りの感想を親に聞かれ、美味《おい》しいご飯を食べながら談笑し、休日に家族で遊ぶ予定でも計画しているに違いない。

不公平だ、そんなの。僕だってもっと遊んだり、笑ったりしたかったのに——


「キミは潮干狩りしないのかね〜？」


突然、背後から馴《な》れ馴れしく声を掛けられ、驚きながら振り返ると……中学の制服を着た女子中学生らしき人が立っていた。

大きな瞳でこちらを見据え、長い黒髪が海風でふわりと揺れる。

僕よりも背が高い。半袖のセーラー夏服がよく似合っており、日焼けした腕や足が健康的な印象を感じさせた。素直に可愛《かわい》い。そう断言できる逸材に思えた。

人生経験の乏しかった小学生には未知の魅力を感じて仕方がなく、だから僕は息を吞《の》み、思わず見惚《みと》れてしまったんだ。

「ふふーん、少年くんはお姉さんに見惚れちゃってるなぁ？」

「み、見惚れてないし」

「はっは！　照れるな照れるな～♪　海果《うみか》お姉さんは可愛いから仕方ないんだぁ♪」

けらけらと笑い飛ばしながら、僕の頭を荒々しく撫《な》でてくる謎の中学生に困惑させられてしまう。

こんな気安いやつは無視してやる……と思いつつ、となりに居座った中学生をついつい横目で見てしまい、こちらを見てきた中学生と視線がぶつかってしまった。

「わー、わたしのこと見てたでしょ～？」

ニヤニヤと嘲笑《あざわら》ってくる瞳が腹立たしい。

「お前なんて見てねーよ！　このちんちくりんが！」

「ちんちくりん!?　わたしのほうが少年より背高いでしょうがぁ！」

向こうのペースに巻き込まれ、調子が狂う。

「それに年上に向かって『お前』はないでしょ～？　わたしには〝海果〟っていう可愛い

名前があるんだからさぁ」

「お前の名前なんてどうでもいい……」

「お前じゃなくて、う・み・か」

このころの僕は兄の影響を無意識ながらも受けていて口調も荒く、素っ気ない態度で追い払おうとする。

心のシャッターは強固だったはずなのに、海果と名乗るこの中学生はいとも簡単に心の隙間へ入り込もうとしてきた。

顔を近づけてきた中学生は名前を呼んでほしいらしく、期待が宿った瞳を煌《きら》めかせる。

「うみ……」

「うみ？　そのあとはぁ？」

「う……ウミウシ」

「このガキぃ！　誰がウミウシじゃぁぁぁあっ！」

「あっ！　いでででっ！　お前だって中学生のガキだろうが！」

「少年くんより遥《はる》かに大人じゃあ！　こちとら十四歳の美少女なんじゃ！」

強烈なツッコミと同時にヘッドロックをお見舞いされた！

ゼロ距離で感じる女子中学生の肌触りと温《ぬく》もり、どことなく鼻を擽《くすぐ》る甘い香り。

初めてづくしの経験に脳が混乱したのか、頬《ほお》が尋常じゃないくらい熱くなった。

「どうして僕に話しかけるの？　ヒマなの？　てか、学校は？」

ヘッドロックからようやく解放され、質問攻めにしてみる。

「学校はサボった！　めっちゃヒマだから少年くんに絡んでみたんだぜ！」

元気よく宣言され、反応に困ってしまった。

「少年、つまんなそうな顔してたからねぇ。みんなは潮干狩りしてるのに、一人だけ離れて羨ましそうに眺めてたから、ちょっと気になっちゃったのだ」

「余計なお世話だよ……」

「はいはい、余計なお世話でごめんねぇ」

苦笑いする中学生は、ちょっとだけ声色が下がった。

「キミの悩みをすぐに解決はしてあげられないけど、話を聞いてあげることはできる。お姉さんになんでも話してみ」

どうしてだろうか。

この人の前だと心の殻みたいなものが剝《は》がれ、己を曝《さら》け出したくなってしまう。

僕を見透かし、優しく語り掛けてくる存在。

いままで出会った人の中でも異質であり、光が見えない闇の中に迷い込んでいたいまの僕にとっては救世主のような錯覚を引き起こされてしまったのだ。

「家に帰っても家族はみんな仲悪くて、僕も居場所がなくて……毎日が楽しくない。みんなど遊んでも……その話を家族は聞いてくれない。僕の家には笑顔がないんだ……」

家庭での光景を思い出すだけで涙が出そうになり、洟《はな》を啜《すす》りながら目元を拭う。

「誰か僕の話を聞いてよ……一緒に笑ってよ……僕と遊んでよ……」

これまで塞《せ》き止《と》めていた数々の想《おも》いが一気に溢《あふ》れ、声が詰まる。

僕の最大の願いであり叶わない現実を、涙とともにすべて吐き出した。

「よしよし、少年は偉いぞ。お姉さんによく話してくれた」

不思議だった。

お姉さんぶる中学生に頭を撫でられただけで悲しみが和らぎ、自然に涙が引いていった。

僕の意思と反し、こんな短時間で心を許してしまうなんて……ありえないのに。

「突然だけど、海果お姉ちゃんも自分語りいいっすかぁ？」

「だめ」

「わたしも少年くんと少し似てるかもしれないんだぁ」

だめって言ったのに、自分語りを始めやがったぞ。

「ずっとがんばって目指してた目標を突然失ったんだ。それからはつまらない日常になって、すべてがどうでもよくなって……ふらふらと町を歩いては海を眺めるだけの退屈な毎日になっちゃった」

そう嘆く中学生の右膝には大きめのサポーターが巻かれ、やや痛々しく感じた。

「違う目標を見つければいいとか、陸上をやめたくらいで……とか、周りは好き勝手に言ってくるし、勝手に期待してきた連中が勝手に離れていくし……あーあ、もう面倒くさい。なにもかも嫌になっちゃったぁ」

彼女の横顔は微笑《ほほえ》んでいるのに、どこか物悲しく見えてしまって……僕は無意識に目を逸《そ》らす。

ぽっかりと空いてしまった心の穴が、あまりにも大きく思えたから。

「海果も大変だったんだな」

「少年ほどじゃないさ……って、わたしを呼び捨てにするなんて生意気すぎる⁉」

さり気なく呼んでみたが、瞬時に気づかれた！

「う・み・か・お・ね・え・さ・んって呼べ！　呼んでくれよう！」

「ぜったいに嫌だ！」

「わたし一人っ子だからさぁ！　お姉ちゃんって言われたいの！」

「知るかよ！」

このクソ暑いときにしつこく抱き着いてくる中学生の無駄すぎる執念。

僕はついに根負けしてしまって——

「海果……姉……」

恥じらいながら、そう呼んでしまう。

「海果姉……かぁ。クソガキ弟っぽくて悪くないねぇ〜♪」

調子に乗ったご満悦そうな海果が、やはり気に食わない。

「お前だってちんちくりんの中坊だろうが！」

「誰がちんちくりんの中坊だぁ！　少年よりも背の高い大人の女性でしょうがぁ！」

「大人ぶってるくせにクラスの女子とあんまり変わらないよな！　全体的に平らだし！」

「はぁ？　わたしだって成長著しいんですけどぉ？　少年くんが触って確かめてみる？」

海果はなぜか胸を張り、純粋な僕を真《ま》っ直《す》ぐ見詰めてくる。

「……えっ、いいの？」

「……ばーか、エロガキめ♪」

クソが！　騙《だま》された！　口角を意地悪に上げた海果に軽くチョップされ、僕はからかわれるということを初めて学ぶ。

今日だけでも様々な感情を教えてもらった。

同じ口喧嘩《くちげんか》でも家で毎日聞かされるのとはまったく違う。

この口喧嘩は――心が躍って楽しい。

口喧嘩に夢中になり、家族のことを忘れられたのは久しぶりだった。

「わたしがキミの話を聞いてあげよう。わたしが一緒に笑ってあげよう。わたしが一緒に遊んであげよう」

「どうして……？」

「少年とわたしは似た者同士だから、かな。一緒に楽しいことをしていたら悩みなんてすぐに忘れられると思うんだぁ」

僕はこれが知りたかった。これを求めていたのだ。

「少年、わたしと遊んでくれる？」

辛《つら》いことを忘れさせてくれる。

「海果姉と……遊んでもいいけど？」

「素直じゃないなぁ～！　海果姉と遊びたいって言え、このやろう！」

頭をガシガシと強く撫でられ、僕はまんざらでもなかった。

傷の舐《な》め合いでも構わないから、この人と一緒にいたい。そう強く願うようになった。

こうして僕らは一緒に遊ぶようになった。

家に帰るのを遅らせるために一人で寄り道していた虚しいだけの時間が、待ち遠しい時間へと変わったのだ。

小学校の帰りに海果と待ち合わせして様々な場所に連れて行ってもらった。

初めて入店した木更津《きさらづ》セントラルは初体験の連続だった。

「初心《うぶ》な少年くんに大人の遊びを教えてあげよう」

「僕、お金もってない……」

「あっはっは！　海果姉にまかせな！　今日は珍しく五千円も持ってるんだわぁ！」

……などと抜かした海果が得意げにビリヤードを始め、上半身を前に折り曲げながらキューを構える。すると、お尻が突き出されて強調された姿勢になり……キューで突いた手玉はどの的玉にも当たらずに台の上を転がった。

僕は……手玉の行方ではなく、スカートに包まれたお尻をこっそり見ていた。

「こういうゲームだから、ビリヤード♪　球に当てないようにするゲーム♪」

「下手くそかよ」

「だまれぇ！　美少女がビリヤードやってる後ろ姿で興奮してるエロガキめ！」

「こ、興奮してねーよ！　もうちょっと成長してから出直せ！」

「またまた照れちゃってぇ。わたしより背が大きくなってから偉そうなこと言いなさい♪」

向こうは五つも年上だからか大人の余裕がある。

図星を突かれ、焦りながら否定する自分が情けなかった。

海果は下手くそだったが初体験の僕はさらに下手くそなのが判明し、遊戯中は海果の高笑いが止まらなくてムカつきまくった。

その後はボウリングでも完敗、施設内のゲーセンにあるレトロな格闘ゲームでもボコられてしまったものの、不思議と不快な気持ちではなかった。

腹は立つけど勝敗なんてどうでもいい。ただ、この物好きな中学生のお姉ちゃんとバカ騒ぎができれば、それだけでよかったのだ。

大好きだった居場所を失った者同士が、新たな居場所を見つけたのだから。

あのままでは心が壊れてもおかしくなかった白濱《しらはま》夏梅は、いつの間にか秋楽《あきら》海果に救われていたんだ。


ときには回転寿司《ずし》に連れて行ってもらったこともあった。

木更津の回転寿司やまとは海果の行きつけ店らしく、目の前の雄大な海を眺めながら食べる新鮮なお寿司が絶品だった。

さすがは港町。ネタは大きくて鮮度抜群なのが一目でわかり、風味や舌触りも良く、生魚が少し苦手な僕でも次々と注文してしまうほどの美味《おい》しさだった。

「ねえ、少年……わたしが奢《おご》るとは言ったけど、もうちょっとゆっくり食べようか」

「どうして？」

「お金……足りないかもしれない！」

「海果姉はダセぇなぁ」

「はあ？　誰がダセぇって？　どんどん食えやぁクソガキ！」

「マジ⁉　それじゃあ大トロ十貫！」

「調子にのんなクソガキめぇ！　かっぱ巻きでも食っとけや！」

会計するときの海果の青ざめた顔は、しばらく思い出し笑いのネタにできた。

海果は表情をころころと変える愉快な人だったから、一緒にいるだけで僕は笑顔になっていた。この人と遊ぶのがどんどん楽しくなっていたのだ。

またあるときは潮浜《しおはま》公園グラウンドの芝生の上で何もせずに、ただただ寝そべった。

二人並んで空を見ながらだらだらと喋《しゃべ》り、眠くなったらお昼寝するだけ。

「わたしたち、お昼寝トモダチだねぇ〜♪」

横になった体勢で海果のほうをちらりと見ると、向こうも同時にこちらを見るから視線がぶつかる。海果の顔が近すぎて、どうしても照れ臭くなってしまった。

「あー、この野郎、一丁前に照れてるなぁ？」

「海果姉ってガキじゃん。僕は大人の女性が好きなの」

「あーん？　これでも魅力を感じないかぁ〜？　大人の香りを感じとけよ〜？」

挑発を真に受けた海果が、寝そべっている僕を上から抱き締めるように覆いかぶさってきた。九歳のガキには刺激が強すぎる。

なんかもう……女の子の柔らかい感触で包まれ、最高に良い匂いがしたから動悸《どうき》が収まりそうにない。中学生のお姉さんは……やはり大人だ。恐るべし。

家に帰ってからもそのことを何度も思い出し、悶々《もんもん》として寝つきが悪くなった。

基本的には駅の周辺で遊ぶことが多かったのだが、海が好きだという海果の気まぐれで海岸に連れて行ってもらえる機会も多々あった。

海果がグローブを二つも持参し、海岸でキャッチボールもした。

手前でショートバウンドしたボールを僕は後ろに逸らし、投げた本人の海果はご満悦そうにしている。

「少年、いまの球、変化した？　ものすごい落ちたでしょ？」

「地面に叩《たた》きつけてワンバウンドしただけじゃん！」

「これだから素人はさぁ～、ボールを挟んで投げたから変化したんだよぉ？」

「そ、そうだったのか……海果姉は変化球を投げたんだね！」

「わっはっは！　ストレートのつもりでバットを振ったらかすりもしない……これが一流ピッチャーの投球なのだぁ！」

「す、すげぇえええええええ！　ただの気安いバカだと思ってたけど海果姉は凄《すご》い人だったんだ！」

「えっ？　わたし、ただの気安いバカだと思われてたの？　それがショックだけど⁉」

海果のウソである。僕を素人扱いするこいつも素人なのである。

当時の僕は純粋な少年だったから見破れず、あろうことか尊敬の眼差《まなざ》しを送ってしまい、海果の鼻高々な態度を演出してしまっただけなのである。

調子に乗った海果を見ているのは嫌いじゃないので、これも良い思い出になるのだろう。

「少年くんは〝幸運のイルカ〟って知ってる？」

海果はボールを投げるのと同時に、そんな問いかけをしてきた。

「うーん、ぜんぜん知らない」

幸運のイルカ……初めて聞いた名称だった。

僕は疑問符を浮かべながらグローブで捕球し、すぐに投げ返す。

「それを見つけると良いことが起きるんだってさぁ。イルカがいそうなのは海だから、わたしは海によく来てるんだよね」

そう言いながら、海果が投げ返してくる。海果が海に僕を連れてきているのは、幸運のイルカとやらを探すついでなのかもしれない。

「海果姉は良いことが起きてほしいの？」

率直な質問をしながら投げ返す。

「うん、わたしにとって良いことが起きてほしいねぇ〜」

深くは言及しなかったものの、目の前に広がる美しい海をぼんやりと眺めた海果はボールを……またワンバウンドで投球し、ビビった僕はボールを後ろに逸《そ》らした。

「ショートバウンドは身体《からだ》で止めるんや！　これ、少年野球の基本やで！」

突然の指導者気取りとエセ関西弁がウザすぎた。

幸運のイルカというものは初耳だったけれど、海果が何かしらの思いを馳《は》せているのだけはなんとなくわかり、少しだけ気になっていた。

水平線に沈みゆく夕日を背景に、ただただ駄弁《だべ》りながらキャッチボールするのが最高に楽しかった。

しかし、夜になる前には帰らなくてはいけない。

夕日がいつまでも沈まなければいいのに、と何度も願っていた。

楽しすぎる時間が終わると、その反動で寂しさが残る……海果と遊ぶようになってから、そんな感情を知ることができた。

だが、海果のほうは楽しいだけじゃないみたいな気がして。

どこか物足りないような、未練が燻《くすぶ》っているような……そんな横顔をときおり見せるのが僕にとっては歯痒《はがゆ》く、たかが小学生にはどうにもできない無力感を味わっていた。

早く大人になって海果が安心して寄り添ってくれるような人間になれたら、と心の中で強く願うくらいには、海果のことが大好きになっていた。

四六時中も彼女のことが頭から離れず、五つも年上の中学生に恋焦がれるのをもはや止めることはできない。

正真正銘、これが僕の初恋になっていたのだ。

「そろそろ日も暮れるから帰ろうかぁ」

燃えるようなオレンジだった空が薄い紫に染まりつつある時間帯になると、海果の一言によって帰宅の雰囲気になる。

「僕がちゃんとした球を投げられたら帰る！」

「しょうがないなぁ。それじゃあ、ここに投げ込んでおいで！」

海果は胸元にグローブを構えた。

キャッチボールの基本は相手の胸元を目掛けて投げること。

ここにボールが収まれば気持ちよく切り上げることができる……などと、もっともらしい理由を述べたが、本当はまだ帰りたくないだけ。

この最高な時間が少しでも長引くよう、僕はわざと山なりの軌道でボールを投げてしまい、海果の遥《はる》か頭上を追い越す。

「うわぁ！　このノーコン野郎めぇ！」

制服と夏の海。乾いた砂浜に転がっていくボールを追いかける海果は、清涼飲料水のCMに起用されてもおかしくないくらい爽やかな少女に思えた。

それに見惚《みと》れる僕は、どこからどう見ても恋する少年。

「海果姉！」

ボールを追いかけて僕に背を向ける海果を、大声で呼び止めた。

「なーに？」

「今度……海果姉とデートしたい！」

マセたガキだった。感情が昂《たかぶ》っていたからとはいえ、九歳の小学生が年上の中学生にデートの申し込みをしてしまった。

ボールを拾い上げた海果がこちらへ振り返り、ゆっくりと歩いてくる。

どくんどくん。心臓が高鳴っていくのがわかる。

これが恋。

期待と不安が一気に入り乱れて落ち着きを失っていく。

どうせ茶化《ちゃか》されたりするんだろう……と内心は諦めていたが、

「いいよ」

まさかの返答に耳を疑い、一時的に思考が止まりかけた。

「駅前に着くまでにわたしを捕まえられたらね！」

意地悪に微笑《ほほえ》んだ海果はそう言いながら、急に駆け出す。

唐突にスタートする鬼ごっこ。意表を突かれた僕も即座に走り出し、袖ケ浦中島木更津《そでがうらなかじまきさらづ》線の歩道を駅方面に逃げていく海果に追い縋《おいすが》ろうとした。

しかし、僕は知らなかった。海果は予想以上に足が速いことを。

みるみるうちに引き離され、全速力でも追いつかない。手を伸ばしても届く気がしない。

海果の背中が小さくなっていく。

自らの息が上がり、疲労が蓄積された足の回転が遅くなってくる。

でも……立ち止まるという選択肢がなかったのは、デートを諦めたくなかったから。

…………

……次第に海果の背中が大きく感じてくる。

気のせいじゃない。かなり開いていた二人の距離が縮まり始めたのだ。

やがて海果に追いついた僕は立ち止まり、茫然《ぼうぜん》と見詰めることしかできなかった。

僕が速くなったわけではなく、がんばったわけでもなく、右足を引きずるような動作をした直後に速度を落とした海果がこの場で止まっていただけ。

海果は額から大汗を流し——右膝を押さえるように蹲《うずくま》っていた。

「いけると思ったんだけど……やっぱり無理だったかぁ」

笑おうとしているのに、笑えていない。

声を小刻みに震わせながら、俯《うつむ》いている海果はそう呟《つぶや》いた。

「全力で走るのが気持ちよかったのに……いまは怖い。こんな痛み……知りたくなかった。走れない日々がこんなに辛《つら》いなんて……思わなかった」

サポーターが巻かれた膝に手を置く海果。

日焼けした手の甲には透明な雫《しずく》が落ち、降り始めた雨のように涙の粒で濡《ぬ》れていった。

「どうして走れないんだろうね……わたし、何か悪いことでもしたのかなぁ」

海果が失った放課後の青春は、底知れぬ喪失感は、僕みたいな子供なんかには簡単に埋められるわけがない。彼女が負った傷を癒《いや》してあげられない。一時的にでも忘れさせてあげることすらできない。

泣いている海果を初めて目の当たりにした僕は、どんな言葉をかけていいのかわからずに立ち尽くしていた。こんなとき大人だったらどうするのだろう。

自分が無力な子供であることを呪った。

「……また、思いっきり走りたいなぁ」

海果から絞り出された嘆きの声が、本当に悲しくて、痛々しくて。

僕は海果に触れられなかった。

少し手を伸ばせば届くのに、泣きながら震える海果の肩に手を置いてあげることすらできなかった。

その場凌《しの》ぎでもよかった。海果を元気づけられたら、なんでもよかった。

「僕が！　海果姉をまた走らせてあげるから！」

そんな言葉が、心から溢《あふ》れていく。

「僕が幸運のイルカを見つけて海果姉に見せてあげれば……良いことが起きる！　きっと

良いことが起きて、また走れるようになるから!!」

海果を元気にしてあげたくて、また笑顔になってほしくて、一丁前な宣言をしてみせた。

小学生にできることなど、たかが知れているというのに。

「……うん、もう平気。少年くんが励ましてくれたから元気になっちゃったぞー」

涙を拭った海果は立ち上がり、僕の額に……デコピンをした。

「キミみたいな子供がお姉さんをデートに誘おうなんてまだまだ早ーい！　十年後に立派な大人に成長したら出直してきなさい！」

海果はそう言いながら、太陽のように輝いた満面の笑みを晒《さら》す。

デコピンされたおでこに心地よい痺《しび》れが広がり、恋心が火照った反動による熱い息が漏れた。

ある意味、これは未来への約束なのではないだろうか。

十年後ならデートしてくれる。

僕が大人になったら、そのときは海果と恋人同士になれるかもしれない。

海果にとっては冗談のつもりだろうとも、僕はこの約束を忘れないでおこうと思うんだ。

＊＊＊＊＊

夏休みの直前、この日の学校帰りは重苦しい曇り空だった。

夜から大雨が降る予報だったが、それまでには帰宅できると考えた僕と海果は待ち合わせの約束をしていた。

中学校よりも小学校は授業時間が短い。そのぶん早く下校できるため、いつも僕のほうが先に待ち合わせ場所へ向かう。

でも、これが海果の望んでいた日常なのだろうか。

僕の幸せと海果の幸せは同じではない。僕が彼女の存在に救われていたとしても、海果にとってはふいに失った放課後の時間を穴埋めしているだけかもしれない。

それが、この前の涙に表れているとしたら。

海果は今でも――心の底では『思いっきり走る青春を取り戻したい』と願っている。

「幸運のイルカに会うことができたら……」

無力な僕が彼女のためにしてあげられるのは、幸運のイルカとやらを見つけること。

もし海果の壊れた足が奇跡的に元通りになったとしたら、僕の放課後は一人になってしまい、居場所はまた失われてしまう。

海果は陸上部に戻り、華やかな舞台で思いっきり走る。

僕は怒声と嗚咽《おえつ》しか聞こえない家に閉じこもる。

それでも……大好きな人が悲しそうに泣いている姿を、もう二度と見たくなかった。

思い立った僕は進路を変更した。

幸運のイルカというものが動物なのか、精霊みたいな非科学的なものなのか、お守りのような物体なのか……姿形は一切わからずとも、それらしいものを見つけるために町中を探し回った。

海果の笑顔が見たかった。本当の青春を取り戻してあげたかった。

ただ、それだけのために。


時間を忘れて探していたら、いつの間にか周囲が暗くなりかけていた。

仕事柄、多忙である両親はいつも帰宅が遅いため、僕の帰りが少々遅くなっても気づかれないと楽観視しつつも、小学生はさっさと帰るべき状況なのは薄々理解していた。

これ以上遅くなれば、いずれ母さんや兄さんは僕を探しに来るだろうから。

夕方くらいには雨がぽつりぽつりと降り始め、それから一時間も経《た》ったころには髪から水滴が滴り落ちるほどに雨足が強まってくる。

待ち合わせ時間もとっくに過ぎているため、僕は急いで海果のもとへ向かおうとした。

僕は携帯電話を持っておらず、気軽な連絡手段がない。

なので待ち合わせ場所に相手が三十分以上来なかったら、その日は遊ばずに解散という決まりを作っていた。

すでに全身はずぶ濡れ。向かい風と横殴りの雨が鬱陶しく視界を遮る。

海果はもう帰ってしまっただろうか。

それとも待ち合わせ場所に現れない僕を心配してくれているのだろうか。

雨の中を待たせるのは申し訳ないので、早く駆けなければならなかった。

そのときだった——

川に沿った歩道を走っていると〝とあるもの〟に目を奪われてしまった。

水色の小さな物体が、暗闇の中で青白く輝いていたからだ。

イルカのような形をした水色の物体は缶バッチ、またはキーホルダー……この距離からだと判別できないが、おそらく河川敷の周辺で光っている。

危険なのは重々察していた。道に沿った街灯はあるものの河川敷に生い茂る木々のせいで照明の明かりは遮られ、川の水が流れているあたりは真っ暗に近い。

不気味な轟音《ごうおん》。普段よりも水嵩《みずかさ》が増し、水流も激しいと容易に推測できる。

だが、無視はできそうになかった。

青白い光に視線が吸い込まれ、僕の好奇心を擽《くすぐ》った。

その不思議な魅力に引き寄せられ、僕の足は河川敷のほうへと進路を変えた。

「幸運のイルカ……？」

海果の言葉を思い出してしまう。

幸運のイルカを見つけたら良いことが起きる。

いまでこそ『片思いが叶《かな》う』と噂《うわさ》される幸運のイルカだが、当時は『良いことが起きる』と一部で囁《ささや》かれていた。片思いのイルカではなく幸運のイルカと名付けられているのも、元々は〝幸運が訪れる〟というだけの意味合いだったからだ。

「あれを海果姉にプレゼントしたら、もしかして……」

もしかして、海果の足がすぐに治るかもしれない。

整備された綺麗《きれい》な河川敷などではなく、草木が生い茂った斜面を慎重に進んでいく。

陸地と川の境目すら目視では確認しづらい状況の中、青白い光へ手を伸ばした。

その瞬間——大きな揺れとともに目の前の景色が半回転する。

踏み出した足の先に陸地はなく、増水した川に足元が掬《すく》われた僕は体勢を崩してしまったのだ。大人なら冷静に対処できる水深でも、小さな子供にとっては命取りになる。

「はっ……うわっ！」

転倒した僕は水流に飲み込まれ、押し流されそうになる。泥を溶かしたように濁った水が首の近くまで押し寄せ、弾《はじ》けた泥水が顔にかかるたびに呼吸を妨害する。

川底に足がつかないことが、さらなる焦燥を煽《あお》った。

「た、助けて！　あっ、はっ……誰か！」

子供の声など川の轟音に掻《か》き消《け》される。

両手と両足を振り乱しながら陸地に戻ろうとするが自然の力の前には太刀打ちできず、もがけばもがくほど徐々に流されていく。

頭を駆け巡るのは焦りと恐怖。

体力は奪われ、やがて意識が遠のいていく。

ごめん、海果姉。

迫りくる死を覚悟したとき、思い浮かんできたのは海果の顔だった。


「少年!!」


これは幻なんだろうか。

斜面を下ってきた海果が、必死に手を差し伸べてくれている。

途切れそうになる意識の中で……僕はその手を摑《つか》んだ。

現実かどうかはわからない。

押し流されようとしていた身体《からだ》がふわりと軽くなり、息苦しさから解放された。

…………

「こんなところで何してんの！　ばか！」

叱りつける声が頭に響き、意識が戻っていく。

ゆっくりと瞳を開けると……間近には海果の顔があり、途絶える気配のない雨粒が海果と僕の頬《ほお》を流れ落ちていた。

どうやら僕は川沿いの歩道にある安全な場所まで引き上げられ、海果に膝枕されているらしい。どうりで後頭部に柔らかい感触と人肌の温かさを感じるわけだ。

「少年が待ち合わせ場所に来ないから心配したじゃん！　ずっと探してたんだよ！」

海果の声が小さく震えている。

彼女の頬を流れるのは雨粒だけではなく、安堵《あんど》の涙も混ざっているようだった。

「どうして……ここが？」

「わかんない！　わかんないけど……近くの橋の上から青白い光が見えて、よく見たら小さい子供がいたから！」

皮肉にも僕が追い求めた青白い光がこの危機を招き、そして救ってくれたのか。

ふと気がついた。僕の手の中に、何かがある。

手を開いてみる。

僕が握っていたのは——水色のイルカ。

青白い光はすでに消えていた。あるいは見間違いだったのかもしれない。

手のひらサイズのイルカをよく見ると表面は薄汚れて年季が入っており、裏面は髪に挟めるようなデザインになっていた。

「それって……イルカの髪飾り？　どうして少年くんがこんなものを……？」

海果もイルカの存在に気づき、じっと見詰める。

「川のすぐ近くに落ちてた……この髪飾りが幸運のイルカのような気がして……海果姉にもらってほしくて……」

「どうしてわたしに……？」

「探してたから……海果姉には思いっきり走ってほしいから……」

「ばか！　少年のばか！　そんなのいいのに！　こんな危険な真似《まね》をして……少年にもしものことがあったら、わたしは！」

僕を心の底から心配してくれた海果へ、イルカの髪飾りをそっと差し出した。

「海果姉にずっと笑っていてほしい。それが僕の望みなんだよ」

差し出した僕の手を包むように、海果が両手で握り締めてくれる。

「さてはキミはバカだな。大バカ野郎なんだな」

海果の瞳から涙が消え、とびっきりの笑顔になってくれた。
そう、この可愛《かわい》らしい笑顔がなによりも見たかった。
僕が初めて好きになった人は、無邪気な笑顔がとっても素敵な人だから。
イルカの髪飾りを受け取った海果は、そのまま前髪につけた。
似合う。似合いすぎてこっちが照れ臭くなり、直視できないくらいだ。

「少年、わたしは──」

そこまで言いかけて、海果は何かを察したかのように言葉を止めた。
なぜだろう。
とびきりの笑顔だったはずなのに、いまは……儚《はかな》さすら感じてしまうのは。

「少年、またいつか会えるといいね。

もしキミがわたしのことを覚えていたら、十年後にでも告白しに来てくれると嬉《うれ》しいな」

何を言っているのか理解できなかった。
なぜ急に、別れの言葉のような台詞《せりふ》を告げるのか。
違う。僕が見たかったのはそんな笑顔じゃない。
聞きたいのはそんな言葉なんかじゃない。

じゃあね、少年。またどこかで。

海果の唇は、そう動いた。
海果姉。
うみ——
…………
……
……つめ。
なつめ。

「おい！　夏梅！」

耳に叩《たた》きつけられる大声。

閉じていた瞳に光が差し込み、目を覚ます。

「お前、めちゃくちゃ探したんだぞ！　この大雨の中、こんなところに突っ立って何してんだよ！」

安堵した表情をした兄さんが目の前に立っており、僕の両肩をがっちりと摑んでいた。

僕がいたのは橋の上の歩道。すぐ下を流れる川は茶色く濁った水の嵩が顕著に増え、僕ら兄弟も大雨に打たれ続けていた。

「僕は……」

遊ぶ場所でもなければ通学路でもないのに、どうしてこんな場所にいるのだろうか。

直近の記憶だというのに思い出せない。

「そうだ、僕は家に帰りたくなくて……寄り道していたから……」

「まあ、ウチの家の雰囲気じゃあプチ家出くらいしたくなるよな……わりぃ」

兄さんが申し訳なさそうに謝罪する。

脳が導き出した結論はこれしかなかった。

なるべく家に帰りたくない僕は不要な寄り道をする日々を送っていたから、こんな場所を歩いて時間を潰していたのだろう。

……それだけなのか、本当に？

誰か……誰かと会っていたような気がするんだけど。

記憶をさらに漁《あさ》ろうとすると……眩暈《めまい》がする。視界が揺れるような感覚に陥る。

身体が冷えたためか、震えが止まらなくなってきた。

「おい、大丈夫か？　身体が冷えて風邪でもひいたんじゃねーか？」

「うん……そうかもしれない」

「弟が家に帰りたくない原因を作った兄が言えることじゃねーが、あんま心配かけんな。面倒な親父《おやじ》が帰ってくる前にさっさと戻るぞ」

途方もない疲労感が僕を襲い、一気に力が抜ける。

ちょっと遠回りしただけでここまで疲れるものなのか、という違和感もあったけど、これ以上は考える気力も残っていなかった。

風邪だと思った兄さんは屈《かが》んで背中を差し出し、僕をおぶってくれた。

久しぶりに僕らは、ちゃんとした兄弟に戻った。

家に着くまでのあいだだけ、他愛《たあい》もない会話をした。

「兄さん……このこと、母さんたちには内緒にしてほしい」

「ああ、わかった。家に帰りたくないことバレたくねーんだろうしな」

「そうなんだけど……もう寄り道はしなくてもいいかな」

具体的な理由はわからない。

でも……遠回りをする一番の意味を、待ち遠しかった楽しみみたいなものを、すでに失った気がしたから。

崩壊間近だった家庭環境により心を塞いでいた一人の少年は、一人の女子中学生によって救われていた。

だが、それは不可思議な出来事によって〝巧妙に隠された〟過去になってしまった。

兄さんが中学生のころまでは離婚しておらず、冷えきった家庭環境はしばらく続いていた……これが本当の過去であり、紛れもない事実だった。

少年の人生から初恋の中学生の存在が忽然《こつぜん》と消え、虫食いのような状態になった空白の期間が生まれてしまい、過去の出来事に違和感が生じてしまう。

だから……僕の小学生時代の記憶は少しだけ改変されていたのかもしれない。

早々に両親が離婚し、春瑠《はる》先輩と出会うまでの僕はずっと孤独だったと……十年間にわたって勘違いさせられていた。

海果という存在が消えても、僕が違和感を抱かないように。

海果の面影を十年後まで隠すために、幸運のイルカが仕掛けた残酷な思いやりのせいで。

だけど、十年後にすべてを思い出すように仕向けられていたとしたら——

春瑠先輩に恋をした感情ですら、海果への初恋を上書きして覆い隠すための〝まやかしの恋心〟だとしたら――

すべては幸運のイルカの手のひらで踊らされていたということ。

もはや誰も責められない。責任を擦《なす》りつけられない。

この静かな悲劇は、他ならぬ僕自身の身勝手な〝片思い〟が招いたのだから。

第五章　二番目の女だったってわけだ

進学志望の同級生たちが入試で慌ただしくなってきた二月の始め。

僕が出願した大学の入試も数日後に迫っており、寝る食べる風呂に入る登下校する以外の時間を勉強に割こうとしていた。割かなくてはいけなかった。

将来のために良い大学に進みたい。知識を詰め込んで思考を満杯にし、勉強に逃げ込むことで〝あいつ〟の顔を思い浮かべないようにしていたのに。

僕は十年前の失った記憶を取り戻した。

正しくは、海果《うみか》の思い出がちりばめられた記憶の破片が綺麗《きれい》に修復された。

春瑠《はる》先輩と市民プールに行ったときに水への苦手意識があったのも、僕よりも背の高い女子中学生が頭を撫《な》でてくれる映像も、すべて海果に関するもの。

放課後に通学路を歩いていると、見慣れた地元の風景の中にあいつの面影を目で追うようになってしまった。

いないはずのあいつを探して、いつもの通学路から外れてしまうことが増えた。

寄り道。家に帰りたくない時期はとっくに過ぎているのに、地元の海岸や海浜公園あたりをほっつき歩いては制服姿の少女を無意識に探していた。

あいつとの出会いはいつだって唐突だった。

十年前に初めて声をかけられた日も、九年後に再会してバイクで二人乗りした日も、出会いは突然だったから――

こうして地元の町を散歩していれば、あいつが元気な声で話しかけてくる気がして。

あいつは海が好きだったから、海にいれば現れるんじゃないかと思って。そんな淡い期待を抱きながら、今日も水平線に太陽が沈むまで、ただただ海を眺めているんだ。

去年の夏、僕は初恋を叶《かな》えたくて幸運のイルカを探していた。

だが……いま思えば、それは少しだけ違かった。

微《かす》かに残っていた十年前の思い出が、突き動かしていたのだ。

本当の初恋を叶えたかった。取り戻したかった。

僕は十年前からずっと――あいつを、いなくなってしまった海果を、無意識に探していたんだ。
幸運のイルカになってしまったことを知らぬまま、探していたんだ。

僕がすべての元凶だった。

それを知ってしまった僕が人並みの幸せを得る資格など見出《みいだ》せず、進路について考えるのを放棄した。

入試当日になっても僕は会場に向かうことすらせず、空虚な瞳のまま駅前をうろつくゾンビのようになっていた。学校にも行かず、目的地もなく町を歩き続けるだけの日々は、他人の目から見ても異常だろう。

「……夏梅《なつめ》、なにか食べないと……」

さすがの母さんも異変を察し、コンビニで買った食べ物を部屋に持ってきてくれる。

ここ数日は食事が喉を通らなかった。食欲が湧かなかったから。

「ありがとう、母さん」

けれど、どうにか喉に押し込めた。無用な心配をかけさせたくなかった。自責と後悔が脳内にうだうだと溜《た》まり続け、思考回路に詰まり、いまにも氾濫しそうだった。

「ちょっと出かけてくるから」

アウターを羽織った僕は玄関から外に出るため、母さんの横を通り過ぎる。

「……最近の夏梅は……ちっとも楽しそうじゃない……」

息子のことは敏感に察する母さんが、ぼそりと呟《つぶや》いて核心を突く。

楽しくない。楽しめるわけがない。

あいつの人生を狂わせてしまった張本人なのだから。それを知ってしまったから。

自分の将来など考えている余裕が失われ、完全な闇の中に迷い込んでしまった。

あいつにもう一度会えば、迷いの中にある答えを教えてくれるのだろうか。

僕はこれから、どうすればいいのだろうか。

ただただ町を漂うだけの僕が引き寄せられたのは、海果がいなくなった場所の近く。

今日は休日なので、川沿いの道にはあの人がいるはずだと思った。

「小さな情報でも構いませんので、何かありましたらご連絡のほうお待ちしております」

数時間も立ちっぱなしで通行人にビラを配る女性。

海果の母親に会いたかった。

「こんにちは」

「あなたは……白濱《しらはま》さん、ですよね。このあいだはどうもありがとうございました」

僕よりもかなり年上にも拘《かか》わらず、海果の母親は丁寧に頭を下げる。

ここに来たのは、ほかでもない。

娘の帰りを待ち続けるこの人へ、僕にしか伝えられないことがあるからだ。

「温かいコーヒーを買ってきました。海果さんのこと……よかったら少し話せませんか？」

「はい、わかりました。海果のことでしたら、どんなことでも知りたいので……」

僕たちは近くの公園に移動し、冷たいベンチに腰掛けた。

コンビニのコーヒーを差し出し、海果の母親がお礼を述べながら受け取る。

僕はコーヒーが冷める前に一口啜《すす》り、一息吐《つ》いてから口を開いた。

「いまから話すのは、たぶん信じてもらえない話だと思います。嘘《うそ》つき呼ばわりしてもらって結構ですから、ありのままを伝えさせてください」

意味深な言葉に困惑する母親だったが、どうにか聞く心構えを整えてくれたようだ。

「海果さんは……自殺なんかじゃありません。ましてや、お母さんのせいで消えたわけでもないんです」

「どういう……ことでしょうか？　白濱さんは何か知っているのですか？」

「子供のころの僕は海果さんに遊んでもらっていました。口論が絶えない家庭には居場所がなくて人生に絶望しかけていたとき、海果さんは明るく話しかけてくれたんです。僕の事情も深くは聞かず、本当のお姉ちゃんみたいに可愛《かわい》がってくれて……海果さんのおかげで僕は笑顔を取り戻せたんです」

これは紛れもない事実だった。いちばん辛《つら》い時期に海果と出会い、そばにいてくれたから、僕は自分を見失わずに生きてこられた。

「そのうち海果さんが抱える事情もわかってきました。あいつは走るのが大好きだったのに、練習中に大怪我《おおけが》をして……思いっきり走れないと泣いていました。僕は……そんなあいつを助けたくて……笑顔を取り戻してあげたかったから……幸運のイルカを探してしまいました。これが……すべての始まりだったんです」

「幸運のイルカって……見つけると良いことが起きるって噂《うわさ》があったものですよね？」

「それは噂されているようなラッキーアイテムなんかじゃなくて……現状維持の片思いを強制的に終わらせる呪いのような現象を生むものでした。その象徴であるイルカの髪飾りをつけたことによって、海果は幸運のイルカの代行者になって……いまも十年前の姿のまま町を彷徨《さまよ》い、片思いの終わりを見届けています」

「そ、そんなことが……とても信じられませんが……」

「そうですよね。でも……先日、あの橋の近くの歩道であなたとお話ししていたときも、彼女はすぐ後ろから僕らを見守っていたんです。お母さんが……ずっとビラ配りしながら娘の帰りを待ち続けている姿を、あいつは悲しそうに見詰めていました」

信じてくれなくて当然だと覚悟していたし、僕が聞く側の立場だったら信じないどころか馬鹿にされていると感じてすぐに帰るだろう。

「僕があいつにイルカの髪飾りを渡しました。海果の十年間を奪ったのは僕です。本当にすみませんでした……」

僕は立ち上がり、深々と頭を下げた。

幸運のイルカを探さなければ、僕が見つけなければ、余計なお節介など考えなければ、海果と母親の人生は狂わなかった。

自責の念がこみ上げ、いくら謝罪しても許されないと思った。

この人から大切な娘を奪ったのは、僕なのだから。

海果の母親は怒ったり過度に疑ったりせず、手のひらで目元を押さえていた。

「そう……ですか……あの子が……そんな近くに……」

母親は肩を震わせながら、堪《こら》えきれなくなった涙を静かに流す。

そう、この人は最初から信じてくれた。

慰めるために考えた作り話みたいな事実を、ちゃんと受け止めてくれたのだ。

「あの子の姿は……私たちには見えないのでしょうか？」

「ごく少数の限られた人にしか見えないみたいです。僕も最近までは会えていたのに、いまは見えなくなってしまいました」

「あの子は放っておくと……すぐ走っていなくなっちゃう子でしたから」

「ですよね。僕が全力で追いかけても捕まえられないような元気娘でした」

海果に対する人物像が重なり、僕らは同時に笑みが零《こぼ》れた。

「海果さんは大抵の人からは目視できないので、ビラ配りをしても効果は薄いでしょう。海果さんを十年も縛りつけている〝永遠の夏〟を終わらせることができれば、海果さんは帰ってくる……僕はそう信じています」

「白濱さんの言うことはなんとなく理解できましたが、その現象は……どうすれば終わるのでしょうか？」

「わかりません。とにかく海果に会って聞き出す……僕がいまできるのは、それだけです」

「そうですか。それなら……海果のことは白濱さんに委ねてみようと思います」

母親は優しい表情のまま、僕を信頼してくれる。

娘と引き離した原因であり、本来なら憎むべき相手を。

「僕の妄想みたいな話を、なぜ信じてくれるんですか？」

「信じてるというより……信じたいんです。ずいぶん前になりますが、警察のほうに情報が寄せられました。海果の特徴によく似た女の子が、この町を元気に走り回っていたって……その子はイルカの髪飾りをつけていたそうです」

「そう……ですか」

「いたずら通報かもしれないって最初は思ったんですけど、最近は信じてみたくなりました。だって……あの子が元気に走り回ってくれていると思いたいから。あの子が私たちのすぐ近くで陽気に笑っていると思いたいから、信じてみてもいいと思ったんです」

僕は言葉に詰まり、唇を噛《か》み締《し》めるのが精いっぱいだった。

口を開こうとすれば心の堤防が崩落し、嗚咽《おえつ》が我慢できなくなってしまいそうだから。

「最近のあの子は、白濱さんの前で楽しそうに笑っていましたか？」

「はい……めちゃくちゃ楽しそうに……笑っていました」

「それが答えじゃないですか。あの子は誰も恨んでいない。白濱さんを大好きだと思いますから」

だめだ、もう。瞳に溜まっていた涙が止めどなく流れる。

「ぐっ、う……ごめん……なさい……」

「あなたが責任を感じる必要はありません。あの子は割と寂しがりやだから……一人ぼっちの海果と一緒に遊んでくれて、ありがとうございました」

僕は許されるのだろうか。

お前と、海果とまた会える資格はあるのだろうか。

お前と遊んで、どうでもいい喧嘩《けんか》をしながら、最後は笑顔で家に帰る。

そんな日常をもう一度、待ち焦がれてもいいのだろうか。

「あの子を見つけたら、また遊んでやってくださいね」

海果の母親がそう微笑《ほほえ》みかけてくれたとき、溜まりに溜まって腐敗しかけていた自責と後悔が涙とともに溢《あふ》れ出《だ》し、視界が著しく曇っても涙が止まらなかった。

「あいつを見つけたら……また……遊びますから……」

見つけたい。会いたい。

くだらないことを喋《しゃべ》りながら、この町を歩いていたい。

僕たちは昔からそういう関係だったから、気軽に会いに行ってもいいよな。

──イルカを見つけたら、また会えるから

あいつはそう言っていたから、これが僕の使命なんだろう。

これは、僕にしかできないこと。

あいつが待っているから、僕は行く。


いまやるべきことが、見つかった気がする。

＊＊＊＊＊

「おーい、そこの哀愁を漂わせている若者〜」

海果の母親と会った日の帰り道。

家の近くの道を歩いていたら、初心者マークをつけたSUV車が僕を追い抜いたところで路肩に停車し、窓を開けた運転手が話しかけてきた。

栗色《くりいろ》の髪が似合う大人っぽい女性が……って、見覚えがありすぎる。

「春瑠先輩⁉」

「おいっす、どもども」

お茶目《ちゃめ》な挨拶をしてくれた春瑠先輩が運転手だった。

「もう免許を取ったんですか？」

「教習所にがんばって通ってたからねぇ。学科試験も一発合格！」

春瑠先輩はドヤ顔すら可愛い。

「教習所のお金はともかく、このでかい車も自分で買ったんですか……？」

運転初心者の春瑠先輩が乗り回す巨大な車は、新しめのＪｅｅｐラングラー……女子大生がバイト代で簡単に買える金額のものではないので驚いた。

「いやいや、パパの車を借りてるだけ～」

「パパって……春瑠先輩、もしかしてパパ活してるんですか⁉」

「バカなのかなぁ、キミは⁉　お父さんだよ！　実家にいるお父さん！　大きい声で変なこと言わないでよ～！」

発想が飛躍しすぎてしまい、春瑠先輩に可愛らしく叱られてしまった。反省します。

「まあいいや。ヒマなら運転の練習に付き合ってよ、後輩くん♪」

助手席の話し相手として僕を選んでくれたらしい。とても光栄だ。

僕は迷うことなく助手席に乗り込み、春瑠先輩は車を発進させた。

以前までなら僕がバイクを運転し、春瑠先輩が後部座席に座っていたのに、今回は立場が逆転しているため慣れないというか……むず痒《がゆ》い。

地元の景色が窓越しに流れ、春瑠先輩とドライブという初めての状況が高揚感を湧きあがらせていく。

「去年の夏に二人で行った市民プール、もう閉鎖されちゃったねぇ。もう一度くらい泳ぎたかったなぁ」

ハンドルを握る春瑠先輩は前方を眺めたまま、話題を振る。

「もう一度くらい……水着姿の春瑠先輩を近くで見たかったです」

「うん、後輩くんがえっちなこと考えてそうだからこの話題はやめようかぁ」

「ち、違います！　僕の中では春瑠先輩の水着姿というのが夏の風物詩だったので、春瑠先輩の水着姿を見るということは子供のころから夏の訪れの合図にしてたんです！　プール開きみたいなものじゃないですか！」

「うん、なんかよくわからないけど必死すぎてワタシは引いてるよ」

「春瑠先輩……東京に行って変わっちゃいましたね。都会に染まったというか」

「こらこら、ワタシが悪いみたいな印象操作をやめなさい」

「水着姿の春瑠先輩が悪くないですか？　僕をおかしくしてるのはそっちなんですよ？」

「キミが変態なだけじゃん！　そんな後輩に育てた覚えはないんだけどなぁ！」

「水着姿の春瑠先輩の背中を見て育ちました」

「水着姿の春瑠先輩って何回連呼すれば気が済むのかなぁ!?」

春瑠先輩に可愛《かわい》らしく叱られてしまい、幸せな気分にさせてもらう。

　この人と話していると、いつもの調子を自然に取り戻せてしまうからありがたい。

「後輩くんと話してみて……安心した。いつものキミが戻ってきてる」

「心配してたんですか？」

「まあねぇ。少し前にいろいろあったから、後輩くんが落ち込んでやしないかと」

　春瑠先輩はオブラートに包んだが、僕をフッたことを心配してくれていたのだろう。

「むしろ感謝しているというか……春瑠先輩のおかげで迷いがすべて吹っ切れました」

「よかったぁ。ワタシも後輩くんの気持ちがわからなくなってモヤモヤしてたからさ、これでワタシも次の恋に迷いなく進める気がするなぁ」

「次の恋⁉　好きな人ができたんですか⁉」

「いーや、絶賛募集中です♪　いままで断ってたけど、合コンでも参加してみようかな？」

「ダメです！　春瑠先輩みたいな世間知らずのチョロい田舎者は酒を大量に飲まされて、都会の狼《おおかみ》にお持ち帰りされてしまうんですよ⁉」

「だーれが世間知らずのチョロい田舎者かぁ⁉　都会に対する偏見が凄《すご》いね、キミは！」

「春瑠先輩はチョロいので合コンやサークルの飲み会は禁止です！　運命の相手が現れるまでは男の前でお酒を飲まないでくださいね！」

「キミはワタシのお父さんかぁ⁉　心配しなくてもお酒を飲むのはキミの家でだけにするよ！　それでいいかなぁ⁉」

「それでいいですよ！　僕はいちばん仲良しの後輩として酔っぱらった春瑠先輩に手を出しません！　優しく布団をかけて寝かせてあげます！」

「ありがとう！　そのときはよろしくねぇ！」

おもしろい方向に脱線した話でお互いに笑ってしまう。

昔からそうだった。春瑠先輩と話しているだけで迷いが晴れていくのがわかる。

近況報告や冬莉《とうり》のことなど他愛《たあい》もない話をしているうちに、窓の外は地元の景色ではなくなっていた。

駐車場に停《と》めた車から降りた瞬間、波の音と潮風の匂いがわかる。

横に果てしなく長い海岸が広がっており、夏になれば海水浴客で溢《あふ》れ返《かえ》っているものの、現在は真冬なので波の音だけが延々と反響していた。

富津《ふっつ》岬の砂浜。僕が春瑠先輩をデートに連れて行った場所だった。

「ようやく本当の気持ちに気づいたみたいだね、後輩くん」

二人で真冬の海を眺めていると、春瑠先輩が目覚めの一発のような言葉をお見舞いしてくる。この言葉により、会話の内容が本題に入ったことを悟った。

「前から思ってたんですけど、春瑠先輩は僕の気持ちが読めるんですか？」

「まあ、キミを小学生のときから間近で見てきてるからね。ワタシが育てたといっても過言ではないのだよ」

「僕は……幸運のイルカのせいで初恋の人のことを忘れていた。初恋の人と春瑠先輩は年上のお姉さんとして僕に優しくしてくれた共通点があって……春瑠先輩への片思いを初恋だと錯覚してしまったんです」

「ワタシは二番目の女だった、ってわけだ」

「言い方に棘《とげ》を感じるんですけど……だいたいその通りです」

「ワタシへの想《おも》いは、錯覚が生み出した偽物だったってことか」

「それは……たぶん違います。春瑠先輩に本気で片思いしていた時期は確かにあって、あの夏の告白は本物だった。僕はそう思っています」

「そっか、そうなんだ」

僕の言葉を受け止めた春瑠先輩は、穏やかに微笑んでみせた。

「その二番目の女との恋は綺麗《きれい》さっぱり終わった。やっぱりキミは……がむしゃらに初恋を追いかけてる姿がいちばん輝いている」

「失恋してからすぐに初恋を追いかける男ってどうなんでしょうね」

「初恋を追いかけてくれないと、ワタシがキミの迷いを断ち切った甲斐《かい》がないんだもん。二番目の女を言い訳にして、初恋の女を見て見ぬふりする後輩に育てた覚えはないからね」

春瑠先輩らしい言い回しだった。

こちらに近づいてきた春瑠先輩は右の拳を突き出し、僕の胸元にそっと当てた。

「がんばれ、白濱夏梅！　キミの初恋を全力で追いかけろ！」

初恋の先輩ではなくなったけれど、それでもいちばん仲良しの先輩から最強のエールが胸の奥に注入され、すべて吹っ切れた。

肩が軽くなり、やるべきことが鮮明になっていった。

迷える後輩の頼りになってくれて、立ち止まっていた背中をそっと押してくれる。

この人はいつだって、どんなときだって、最強の味方になってくれるから。

「あいつが無くした幸運のイルカ……もう一度、見つけに行きます」

「うん、それでこそワタシの後輩くんだ！」

僕は、この人を好きになってよかったと心の底から思えるんだ。

「春瑠先輩、せっかくなので砂浜を全力で走りませんか？」

「後輩くん？　いきなりどうしたぁ？」

「あいつ、足だけはめちゃくちゃ速いんです。もし海果を見つけたとき、すぐ逃げられたとしても……追いつけるように鍛えておかないと」

春瑠先輩は頷き、僕の肩に手を置いた。

「それじゃあ、久しぶりに対決しようか。ビーチフラッグスで」

去年の夏、ここで春瑠先輩とやったビーチフラッグス。

中学時代から二人でよくやっていた遊びであり、僕らといえばこの対決が最も熱く燃え上がるってものだ。

「はい！　負けたほうがポークソテーライス奢《おご》りで！」

「望むところだよ！　まだまだ若いもんには負けないからね！」

「春瑠先輩ってたまにババ臭いこと言いますよね」

「失礼な後輩くんだなぁ⁉　ぶっ倒してやるから‼」

負ける気がない二人は柔らかい砂浜へと駆け出し、ペットボトルを置いて競い合った。

いつもありがとう、春瑠先輩。

この人と一緒にいると悩みなんて吹き飛んでしまう。

僕は素敵すぎる先輩に可愛がられているんだな、と誇らしくなった。

初恋とか二番目とか、そんなの関係ない。

この人を好きになれて、この人に全力でフラれて、本当に良かった。

＊＊＊＊＊

休日の午前。集合の時刻に合わせて太田山《おおだやま》公園のてっぺんに行くと、一足先に到着してベンチに座っていた冬莉の周りに野良猫が集まってきていた。

「にゃにゃにゃ〜んにゃ、ぐるる」

遊んでいる。小さくて可愛いけど話しかけづらい後輩として名高い冬莉が、猫の言語を巧みに操りながら猫と交流を深めているではないか。

三十秒くらい微笑《ほほえ》ましく見守っていた僕と目が合う。

「せ、センパイ……いつからそこに？」

みるみるうちに冬莉の顔が青ざめていく。

「にゃにゃにゃ～んにゃ、ぐるる……って可愛く唸《うな》ってたあたりから見守ってたぞ」

「センパイのばか!!　すぐに忘れてください!!」

でた！　怒りながら猫パンチを連打してくる冬莉！

背中をぽかぽかと叩《たた》いてくる気難しい後輩の相手をしていたら、もう一人……いや、二人が坂を上ってきた。

「あの～、公共の場でいちゃいちゃしないでもらえませんー？　ウザいんで」

頬《ほお》を引きつらせながら怠《だる》そうに苦言を呈すのは、二年の堀田《ほった》マキナ。

一見は真面目だけど根は不真面目なダウナー系後輩だ。

「高梨《たかなし》さーん、誘ってくれてありがとう！　わたしら、がんばっちゃうよ！」

そして、同じく二年の武藤《むとう》。うるさいギャルである。説明は以上。

冬莉の友人である二人も待ち合わせに参上してくれたのだ。

「……ホマキ、武藤さん、今日は来てくれてありがとうございます」

「友達が困っていたら助けるのが友達ってもん！　わたしら、ちょうどヒマだったし！」

冬莉が丁寧に頭を下げると、武藤は友情をアピールしながら冬莉の肩を抱いた。

そういうノリに不慣れな冬莉は、借りてきた猫のように固まっている。おもしろい。

「はあ？　年中ヒマ人の武藤さんと違ってワタシは忙しいんだけど？」

「はいはい、忙しいとか言いながらちゃんと待ち合わせに来てるのがホマキの良いところだよね！　わたしら、最強の仲間じゃーん！」

「武藤さんのノリって最高に滑り倒してる女子高生のノリだからきっついんだよね～」

「わたしって滑り倒してる女子高生⁉」

辛辣な堀田とツッコミの武藤、なんだかんだ理想のコンビなんだよな。

「よーし、最強の三人で写真撮ろう！　うい～！」

「……う、うい～」

「高梨さん！　もっとニッコリ笑って！　顔が引きつってる！」

武藤に肩を抱かれた冬莉も戸惑いながら自撮りに巻き込まれているので、理想のトリオだな。

「白濱先輩が竹岡《たけおか》らーめんを奢ってくれるので来ただけ。それだけですから」

「ん？　僕、そんな約束したかな？」

堀田がぼそりと言い放った台詞《せりふ》に聞き覚えがなく、冬莉のほうに視線を移す。

「……夏梅センパイ、人生とは何かを得るために何かを失うものです」

悟り顔になった冬莉の態度で察した。

こいつ、僕の金で堀田にラーメン奢る約束をしやがったな。

僕のことが嫌いで偏屈な堀田が、どうりですんなりと協力してくれるはずだ。

「バイト代としてラーメンくらいなら奢る。だから……イルカの髪飾りを一緒に探してほしい。その髪飾りの持ち主が無くしちゃったみたいでさ、僕も力になりたいんだ」

海果が手放してしまったイルカの髪飾り。

あれを再び見つけることができれば、もう一度……海果と会えるかもしれない。そのことを何気なく冬莉に話したら、この二人もイルカ探しに誘ってくれたというわけだ。

「ワタシは高いですよ～？　炒飯《チャーハン》と餃子《ぎょうざ》もセットでお願いしますね、し・ら・は・ま・先輩？」

にやりと笑んだ堀田に怖いことを囁《ささや》かれ、思わず財布の中身を確認した。

僕を含めて四人分の昼食代……金欠の高校生には痛すぎる出費だが、だだっ広い地元から小さい髪飾りを探すという途方もない作業だ。人数は一人でも多いほうがいい。

「手分けして探そう。海果が行きそうな場所をメモ用紙にまとめてきたから、まずはそのあたりを探してみてくれ。昼の十二時になったら、いったんラーメン屋の前に集合で」

三人にメモ用紙を配り、僕らはそれぞれの行き先のほうへ歩き出す。

イルカを見つけたら海果と会えるなんてただの願望であり、僕の人生に海果が登場する日常が戻るとは思わない。

僕のせいで海果は幸運のイルカになり〝永遠の夏〟が訪れてしまった。

まずは謝らせてくれ。

お前の青春を取り戻すことができず、あろうことか時間を永遠に止めてしまった過ちを。

そして、また遊ぼう。ビリヤード、ボウリング、ゲーセン、映画、お昼寝、キャッチボール、鬼ごっこ……お前が好きな遊びならなんだって付き合ってやるからさ。

僕を突き動かす想いは、たったこれだけ。

そして許されるなら……もう一度だけ、海果とどこかへ遊びに行きたい。

木更津《きさらづ》セントラルはもうなくなってしまったけれど、また鬼ごっこがしたい。

お前の奢りで寿司《すし》をたくさん食べて、お前の青ざめた顔が見たい。

ひたすら喋《しゃべ》ったあとに仲良く昼寝がしたい。

夕方の海岸で駄弁《だべ》りながらキャッチボールをして、お前のエセ関西弁が聞きたい。

お前が変化球と言い張るショートバウンド、今度こそ身体《からだ》で止めてやるからな。

「あれからもうすぐ丸十年になるぞ、海果姉。僕は……大人になれたのかな」

あいつは言っていた。十年後、僕が大人になったらデートしてくれると。

取り戻した僕の片思いは、いまも変わっていない。

あいつの口から答えを直接聞きたいから、十年経《た》とうとしても僕は……海果の背中をこうやって追いかけている。

手が届かない。彼女を捕まえられないと、わかっていても。

＊＊＊＊＊

太田山公園の桜が芽吹いてきた三月。

高校を卒業した僕は東京の大学に……は進学せず、見知りすぎた地元や周辺の町を原付バイクで行き来していた。

バイクに取りつけられているのは配達用の四角いバッグ。オファーが入れば飲食店に赴き、料理を受け取って顧客に届ける。基本的にはこれの繰り返しだ。

僕は地元に残り、ひとまず浪人することにした。

バイクの免許が活《い》かせるフードデリバリーのバイトでお金を貯《た》めつつ、本当に興味がある仕事に関しての知識を学べる大学に進みたいと決めたからだ。

そのうち予備校にも通う予定なので、そのための資金も稼いでおきたい。

東京行きが白紙になって母さんは引くほど嬉《うれ》しがっていたし、なんなら親のすねを齧《かじ》るニートになってほしいと言う。早いとこ息子離れしてほしい。

地元の周辺でデリバリーをするということは、知り合いの家に届ける機会も当然ある。

「……届くのが遅いですよ、この駄目バイト」

誰が駄目バイトじゃ。

コーヒー豆専門店の出入り口、したり顔の後輩が文句を言いながら出迎えてくれた。

このバイトを始めたと冬莉に言ったあたりから、冬莉の家に配達する機会が顕著に増えたのは偶然じゃない。

ここから歩いて行ける距離の店でもお構いなしに、冬莉はその店の料理をデリバリーで注文してくる。

「お前さあ、最近デリバリー頼みすぎだろ」

「……そういうお年頃なので」

「どういうお年頃なのかわかりませんねぇ」

僕を便利な召使いみたいに思っていそうな冬莉に商品を手渡す。

「……センパイが学校を卒業してから会う機会も減ったので、たまには夏梅センパイの様子を見ておかないといけません。それが元マネージャーの務めなので」

「たまに？　昨日も一昨日《おととい》もお前の家に配達で来たような気がするぞ」

「……好きな人とは毎日会いたいじゃないですか」

「……んっ？　めちゃくちゃ照れ臭い発言をさらりとされた気がする。

「……用が済んだらさっさと帰ってください」

「冬莉、顔が真っ赤になってる……」

「……うるさい！　さっきの発言は忘れてください！　どうして来たんですか⁉」

「お前が注文したから来たんだろうが！」

「……いつも配達が遅いんです！　スープが零《こぼ》れてるんです！　この駄目バイト！」

「お前をクレーマーに育てた覚えはない！」

両手をぱたぱたと振り、真っ赤な顔を隠そうとする冬莉が素敵すぎるんですが。

冬莉なりの照れ隠しの暴言に反論しながら仕事に戻ろうとした僕だったが、冬莉に呼び止められる。

「……あれからイルカの髪飾りは見つかったんですか？」

「配達しながらいろんな場所を探してるけど、見つかる気配はないな」

デリバリーのバイトを始めた理由はもう一つあった。

仕事をしながらイルカの髪飾りを探せると期待したからだ。

「……受験勉強もあるので限られた時間ですけど、引き続き、私も探してみます」

「ありがたいけど、気持ちだけ受け取っておこうかな。お前は勉強を優先してくれないと申し訳ないし」

「……私が困るんです。夏梅センパイが初恋に縛られたままだと……私にチャンスが巡ってこないじゃないですか。早く海果を見つけて、早いとこフラれてくれないと」

「はい？」

冬莉の声が明らかな小声になったと思いきや、冬莉は逃げるように家の中へ戻り、出入り口の扉を閉めた。

扉のガラス越しに冬莉がぺろりと舌を出し、一瞬だけ悪戯《いたずら》に微笑む。

たいへん可愛《かわい》らしい後輩を育ててしまったな……と、ほろ酔い気分を噛《か》み締《し》めながら僕はバイクを再び走らせた。


「そこの清掃ボランティア、ヒマならワタシの部屋も掃除してくれません？」

冬莉の家に配達したあと、太田山公園の広場に座り込んでいたら、やや低い声音で背後から話しかけられる。

誰が清掃ボランティアだよ、とツッコみながら振り返ると、声音から予想できた通り、呆《あき》れ顔の堀田マキナが立っていた。

「お前の部屋に入っていいのか？　ワクワクするな」

「白濱先輩が部屋に来たら下着とか貴金属がなくなりそうなのでやめときます」

「僕のイメージ最低すぎるだろ」

「イメージ最低ですけど、なにか？」

相変わらずの嫌われようで逆に安心した。

「冬莉から聞きましたよ。フリーターになって清掃のボランティアやってるって」

「あいつ、しれっとわかりづらい嘘《うそ》を吐《つ》いてるな。フリーターはホントだけど」

「白濱先輩が働いているだけでも、えらいえらい。凄すぎます」

「僕の評価低すぎだろ」

堀田のバカにしたような口調は僕が卒業しても変わりないらしく、僕のほうが年上の先輩だと忘れそうになる。

「嫌いな僕にわざわざ会いにきた堀田もじゅうぶんヒマじゃないか」

「塾の帰りにたまたま見かけたので声をかけただけでーす。どこかの誰かさんみたいに浪人したくないんでー」

「どこの誰だろうなぁ、そいつは」

「そこのお前ですよ」

「先輩にお前って言うな」

堀田が繰り出す挨拶代わりのジャブを華麗に躱《かわ》す僕という構図は中学時代からのお決まりになっており、当時は面倒に感じていたけれど、高校を卒業したいまとなっては貴重な機会になりつつあるので嬉しさのほうが勝った。

そういえば、この場所は堀田がよくサボりに来るところだったな。

受験勉強の息抜きに立ち寄ったところに僕がいた、といったところだろう。

「……で、こんなところで何してるんですか？　知り合いが無くしたっていうイルカの髪飾り、まだ探してるんですか？」

「まあ、そんなところだ。あいつはここにも立ち寄っていたから」

文化祭の前、堀田に連れられてここに来たときに、海果とも同じ場所で顔を合わせていたから、もしかして再び会えるんじゃないかと淡い期待をして。

「元カノが残した私物を大切にするダメ男みたいですねー」

「僕は初恋を引きずるタイプなんでね」

「ワタシは冬莉の初恋を応援してるので、白濱先輩の初恋はさっさと終わってください」

「どうして冬莉の初恋を知ってるんだよ……」

「冬莉と武藤さんの三人でお泊り会をしたとき、いろいろ話しましたので。冬莉の初恋相手についての愚痴が止まらなくて大盛り上がりでしたー」

「大盛り上がりしてたなんて複雑すぎる……」

「どうして貴方《あなた》が渋い顔をしているんですか？　冬莉の初恋相手の話ですよー？　初恋拗《こじ》らせ男の白濱先輩なわけないじゃないですかー、やだー」

こいつ、わかってるくせに回りくどく責めてきやがった！

女子だけのお泊り会で何を話していたのか気になりすぎる！

「僕のことは無視していいから、さっさと帰って勉強してくれ。もし堀田が受験に失敗したとき、僕のせいにされたらたまったもんじゃないからな」

「言われなくてもそうするつもりです」

堀田は踵《きびす》を返そうとしたが、僕のほうを横目で見続けていた。

「……ワタシに手伝えることはありますか？」

大変言いづらそうにしながらも、ぼそりと呟《つぶや》いた言葉を聞き逃さない。

「ど、どうした⁉　熱でもあるのか⁉」

「そんなに驚かれると腹立つんで黙ってください」

「だって堀田が冬莉を介さずにそんなことを言ってくれるなんて……明日は異常気象にならないといいけど」

「あー、失礼すぎますね。ほんとにお前のこと嫌いです」

「先輩にお前って言うな」

驚きすぎた僕の失礼な態度が気に入らなかったのか、わかりやすく眉をひそめた堀田だが、彼女からの申し出は冗談ではないようだ。

「去年の文化祭で冬莉は暗い過去を克服し、ワタシも冬莉と友達になれた。白濱先輩のおかげという面も多少はあると思うので……その借りは返したい。それだけです。それ以上でもそれ以下でもありません」

不本意そうにぶつぶつと理由を述べる堀田が、なぜか微笑《ほほえ》ましく思える。

「堀田が絶対に言われたくない言葉だと思うけど、素直じゃないよな」

「お前、そろそろ黙ってくれないと殴りますよ」

「お前じゃなくて白濱先輩って言え」

「もう卒業したんだから先輩じゃないですよ。ニート白濱の爆誕ですね」

「ニートじゃなくてフリーターな。そこだいぶ違うから」

本気で殴られそうな睨《にら》みかたをしてきたので、とぼけ顔で返事をしておいた。

「手伝うことがなければ帰りますよ」

「ああ、待って待って。堀田って野球は詳しかったりする？」

「なんですか、いきなり。親戚の子が少年野球で投手をやってるので、たまにピッチング練習に付き合ったりしてますよ」

「それなら、キャッチボールに付き合ってくれないかな？」

「……なるほど、白濱先輩は野球浪人だったんですか？」

「ど素人だよ。たまーに遊びでやっていただけ」

突然の誘いを受けた堀田は当然ながらきょとんとしていた。

「落ちる変化球を投げてくるやつがいてさ、後ろに逸《そ》らさないためにショートバウンドを捕れるようになりたいんだ」

「だったら冬莉に頼めば……って、あの子じゃ無理ですね」

「無理だろ？」

僕と堀田は同時に同じ光景を思い浮かべたに違いない。

運動音痴の冬莉が、ボールを投げようとして派手に転ぶイメージを。

「はあ、事情はよくわかりませんが、それがお望みなら仕方なく付き合いますよ」

あからさまな溜《た》め息《いき》を吐いた堀田だったが、開いた手を差し出してきた。

「ボール、持ってきてるんですか？」

「ああ、ボールとグローブは持ち歩いてる。僕が探してるやつと、いつでもキャッチボールできるように」

「どれだけその子と遊びたいんですか……」

「初恋の相手だからな」

「キモー」

シンプルな悪口を言いながらボールを受け取った堀田は、僕の位置から少し離れる。

「まずは軽くだぞ。いきなり速い球は怖いから」

とりあえず念を押すと、堀田は頷く。

軽くスローイングをして肩を慣らし、お互いの準備が整った瞬間……堀田の目が鋭くなる。まずは手加減して投げてくるかと思いきや——

「くらえ」

堀田は物騒な一言を言い放ち、ボールを握った右腕を思いっきり振り下ろした。

投げ放たれたボールは低い軌道のまま目前へと瞬時に迫り、僕の手前で地面に擦《こす》れ、反射的に目を瞑《つぶ》ってしまう。

跳ね上がったボールを見失ったが、太ももに衝撃と熱が発生したことで涙目になった。

「うおお……お前！　投げる直前に『くらえ』って呟いたな！　僕に当てるつもり満々だっただろ！」

地味に痛む太ももを擦りながら文句をぶつけたが、今度は堀田のとぼけ顔が炸裂《さくれつ》した。

「いいからさっさと投げ返してください。ショートバウンドを捕れるようになりたいんでしょ？　泣き言を言ってる場合ですか？　情けないですねー」

「ぐっ……覚えてろよー」

「やられ役のテンプレみたいなそのセリフ、とってもお似合いでーす」

「はあ!?　泣かせるぞコラぁ！」

「後輩のボールにビビって涙目になってるの、どっちですか？」

「僕です。生意気言ってすみません」

後輩に好き勝手にやられる僕、情けなさすぎるのでは。

ひょっとしたら頼む相手を間違えたかもしれない……と少しだけ後悔しながらも、ボールを堀田に投げ返した。

　堀田は澄ました顔色を一切変えず、僕の手前を狙ってショートバウンドを投げてくる。

　やはり素人には難しい。バウンドの瞬間、どうしても目を背けてしまい、ボールの行き先を見失う。後ろに逸らしたボールを拾いに追いかける僕は、球拾いの補欠みたいな気持ちを初めて知った。

「グローブは上から被《かぶ》せるのではなく、下からすくい上げるように捕る！　だから後ろに逸らしちゃうんですよ！　もう一回！」

「ひぃ〜っ！　いったん休憩を……」

「ど素人の分際で休憩なんて甘いんですよ！　さあ、グローブを構えてください！」

「うわぁ〜っ！」

「ビビッて腰を引かない！　乙女ですか、貴方は！」

　堀田マキナ、まさかの熱血指導。

　ど素人すぎる僕に苛立《いらだ》ったのか、次第に熱が入ってきた堀田は身振り手振りで積極的に教えてくるから、二人しかいない広場に僕の悲鳴や泣き言が響いていた。

　キャッチ練習の時間が経《た》つにつれ、何度もボールが当たった足や腕に内出血が増え続けて痛む。呼吸も荒い。後ろに逸らしたボールは遥《はる》か後方まで転がるため、球拾いで往復するたびに体力が削られていく。

すでに疲労困憊《ひろうこんぱい》だが、まだ続ける気力は不思議と残っていた。

「もう二時間くらい経ちましたけど、まだやるんですか？」

「はあ……はっ……せっかくだから一回でも捕れるまでやりたい」

「どうしてここまで一生懸命なんですか……？」

たかが捕球の練習に執念を燃やす男の行動力を目の当たりにし、さすがの堀田も驚いているらしい。

「初恋の女の子に褒められたいから。あいつは『身体《からだ》で止めろ』って言ってたけど、一発で捕れたら褒めてくれるんじゃないかと思ったから……もう少しがんばる」

「うーわ、アホくさ。好きな女の前でカッコつけたいからってことですか」

「褒められたいから、だ」

「どっちでもいいでーす。どっちもキショいんで」

この後輩、口が悪すぎる。そろそろ泣くぞ。

「まあ、純粋でおバカな白濱先輩らしいですけどね」

やや口角を上げた堀田は呆《あき》れながらも微笑んでいるようにも見えた。

「それじゃあ、もうじき日も暮れるのでラスト一球ですよ」

身体の痛みはじわじわと広がり、体力も限界に近い。

ラスト一球の覚悟を決め、僕は頷《うなず》いた。

重心を後ろ寄りにしながら左足を上げた堀田は、勢いよく振り下げた指先からボールを放つ。低い軌道のボールが地面に擦れ、跳ね上がったところへグローブを伸ばし、下からすくい上げるようにグローブを振り上げる。

弾《はじ》けた音。気持ちいい衝撃と感触が左手に伝わり、無音の時間になった。

握り締めたグローブの中身を見てみる。

土や草の汁で薄汚れた白球が、しっかりと収まっていた。

「や、やったぁぁあああああああああああああ！」

感情が昂《たかぶ》った僕が思わず右手を空に掲げると、堀田が急に駆け寄ってきた。

お互いの目線より高い位置で、ぶつかりあう右手と右手。

堀田とのハイタッチをする人生になるとは、夢にも思わなかった。

「お前、ハイタッチとかするようなキャラだったか？」

「うるさい……ちょっと興奮しただけです。ワタシだってそういう気分になることはあります」

冷静になった堀田が恥ずかしがった様子で視線を逸らす。小さな達成感によって体力の限界を超えた僕は、その場に尻もちをつくように仰向《あおむ》けで倒れ込んだ。

視界を覆い尽くす茜色《あかねいろ》の夕焼け空は、ただただ僕らを見下ろすだけ。褒めてはくれない。

この光景をいちばん見てほしかったやつは近くにいない。

興奮が収まるにつれ、手掛かりが何も得られない無力感と虚《むな》しさが襲いかかってくる。

「海果……どこにいるんだよ……」

呟いた言葉から滲《にじ》み出る想《おも》い。

それらが涙に変わり、一滴の雫《しずく》が瞼《まぶた》の外側から流れていった。

泣き言は漏らさないようにしていた。

海果に叱られないよう、常に前向きでいようと思った。

でも、僕だって完璧な人間じゃないから、諦めないという綺麗《きれい》ごとをどこかで拒否し、心が折れそうになるときもある。

「このまま、一生見つからないのかな……あいつとはもう……話せないのかな」

一度、吐き出すと止まらなくなる泣き言。

すると、雨でもないのに水の塊が顔面に降り注いだ。

「ひゃあ!? つ、つめた!」

突然の冷たさに襲われた僕は甲高い悲鳴を漏らし、上半身を起こす。

僕のすぐ側《そば》に近寄った堀田がペットボトルの水を僕の顔面に振りかけたのだ。

「うだうだと弱音を吐かないでください。冬莉のときもそうでしたが、大切な人のためなら身を削って一生懸命になれるのが白濱先輩の唯一の良いところじゃないですか」

「唯一の？ 他には？」

「ありません。その一点突破で女を誑《たぶら》かしてきたじゃないですかー」

「褒めてるんだろうけど素直に喜べないぞ」

「褒めてません。事実を述べているだけです」

わかりづらいけど……これはたぶん、堀田なりの叱咤激励《しったげきれい》。

先ほどまで泣き言をほざいていた自分はどこかへ吹き飛んでしまい、再び前向きになれたのがその証《あかし》だろう。

「……白濱先輩、お腹《なか》は減ってますか？」

「お腹ペコペコだ」

「そうですか。聞いてみただけでーす」

「おい」

意図が読めない質問をするだけして去っていく堀田の背中だったが——

「……行かないんですか？　本日限定で竹岡らーめんを奢《おご》ってあげようと思ったのに」

ゆっくりと遠ざかっていく堀田は、小さな声量でそう囁《ささや》いた。

「堀田は……ほんとに素直じゃないよな！」

「あー、気が変わりました。ずっとそこで寝てろ、お前は」

「先輩にお前って言うな！」

「初恋相手にも冬莉にもさっさとフラれてくれません？　貴方《あなた》がいるから恋愛がややこし

くなるんですよ」

「僕が誰にも愛されなかったら堀田が責任をもって引き取ってくれる……ってこと⁉　つめたぁ⁉」

顔をしかめた堀田が引き返してきたと思ったら、ペットボトルの水を思いっきり振りかけられ、顔面がびしょ濡《ぬ》れになってしまった。

呆れ混じりの大きな溜め息を吐いた堀田は、ほのかに笑う。

「白濱先輩のことが大嫌いということがよくわかった一日だったので、よかったです」

その柔らかい表情は心なしか上機嫌に見えなくもなかった……とか軽率に言ったら怒りそうなので、僕はニヤニヤしながらも口を噤《つぐ》んでおいた。

堀田に奢ってもらえるとは……夢でも見ているのだろうか。

すぐに立ち上がった僕は堀田のあとを追うように走り、この二人でラーメンを食べるという激レアなイベントを思い出に刻みこんだ。

僕一人だったらとっくに心が折れていただろう。

情けなく弱音を吐き、言い訳しながら諦めていただろう。

でも、僕の周りの大切な人たちはそれを許してはくれないようだ。

十回目の夏はまだ来ていない。

海果はまだ、完全に消えたわけじゃないんだ。

潰《つい》えていない希望の芽がある限り、この町のどこかに残るお前の姿を探し続けるから。

思い出の中に消えないで、おとなしく待っとけ。

＊＊＊＊＊

そして、海果が見つからないまま季節が過ぎ——もうじき夏を迎えようとしている。

九年ぶりに海果と再会したあの夏から、一年が経とうとしていた。


配達のオファーがないときはバイクを降り、イルカの髪飾りを探した。

見落としを防ぐために徒歩で丁寧に地面を見て回り、砂利や草花が地面を覆っている場所は両手を使ってかき分け、軍手をしていても指先の小傷は日に日に増え、配達業なのに服が薄汚れて帰宅するのにも慣れてきた。

僕を見守るのは太陽だけ。部活でもないのに大量の汗を全身から溢《あふ》れさせた男は、再びいなくなってしまったあいつを探し続けた。

海果と最後に会った冬の日から一ヵ月、二ヵ月……あっという間に過ぎ去っていく時間を止める術《すべ》はなく、半年近く過ぎた現在も焦燥と無力感を常に抱えながら、探す。

夜の閑散とした中《なか》の島《しま》大橋に立ち尽くした僕は、手すりにしがみついた。

「かくれんぼは僕の負けでいいから……早く出てこいよ！　なあ!!」

誰の返事もない。夜の黒に染まりきった海の音が返ってくるだけの不気味な静けさなど求めていない。

うるさいくらいがちょうど良かったんだ。

からかってくる声が恋しい。あれだけウザいと思っていたあいつの声が、愛《いと》おしい。

出口のない迷宮に閉じ込められ、行き場を失う。

この勝ち目のないかくれんぼに明るい未来などないのかもしれない。

それでも、僕が探すのを止《や》めてしまったら……永遠の夏が海果を連れ去ってしまうから、壊れそうな心を何度も、何度も、修復しながら前を向かなきゃいけない。

「会いたいよ……海果……」

絞り出した嘆きが誰にも届かずに消えた、そのときだった。

【――まもなく、永遠の夏が終わる】

声。どこからか聞こえた短い言葉。

日本一高い歩道橋の上には僕一人しかいなかったはずで、真下は漆黒の海……こんなにはっきりと人の声が聞き取れるわけがなかった。

いる。音もなく忍び寄った人の影が、歩道橋の上に立っていた。

中学の制服を着た少女。

「うみ――」

驚きのあまり僕は少女の名前を口に出しかけたが、途中で思い止《とど》まった。

【――わたしは、あなたが知っている海果じゃない。すべての始まり、すべての原因】

海果の姿を模した存在は、頭の中に直接語りかけるように言い放つ。

それはウソじゃないと瞬時に悟った。異様すぎるのだ。

瞳の奥に無邪気さの欠片《かけら》もなく、悍《おぞ》ましさすら覚える冷酷な眼差《まなざ》しで僕を見据えているから。

「お前は……幸運のイルカなのか……」

海果の身体《からだ》を乗っ取っている元凶の名前を、僕は呼ぶ。

幸運のイルカ。海果を代行者として選び、十年にもわたって〝七つの季節〟を起こし続けたありがた迷惑な存在が、海果の意識を支配しているのだろう。

【――まもなく、この身体は幸運のイルカとなり、海果としての人格は完全に消滅する】

「……もう時間切れなのか⁉　海果はもう……どこにもいないのか⁉」

僕の叫ぶような訴えを受けても、幸運のイルカは瞼一つすら動かさない。

【――終わる。あなたの片思いは、永遠に叶うことはない】

「……っ」

無慈悲な発言に最後の気力までも削ぎ落とされ、全身から力が抜け落ちたように両膝をつく。それまで必死に保っていた正気を失いかけ、一縷《いちる》の望みすら突き放され、俯《うつむ》く。

無力だった。駄目だった。

常識を逸脱した存在に対し、無駄な足掻《あが》きにしかならなかった。

ちっぽけな人間ごときではもう、どうすることもできなかった。

「僕たちの邪魔をするな……余計なお世話なんだよ!! 自分の恋くらい自分で決着をつけられるから!!」

いや、今の言葉は自分を騙《だま》すための強がりだ。

もし幸運のイルカが不思議な現象を起こさなかったら、片思いは現状維持のまま凍りついていたかもしれない。理不尽な選択を迫る夏が、凍りついた恋を溶かして動かしたのは事実として受け入れなくてはならない。

それでも、幸運のイルカに感謝などしない。できやしない。

「海果を返してくれ……頼む……」

やるだけのことはやり尽くした。ちっぽけな人間では太刀打ちできない不思議な力に翻弄されるばかりの僕は、弱々しく哀願することしかできなかった。

僕から大切な人を奪おうとしている存在に憤りながら、己の無力さに打ちひしがれて震えることしか、できなかった。

【――わたしは、最後まで見届ける】

それでも、幸運のイルカは僕らを見放さない。

簡単には見放してはくれない。

理不尽な困難に巻き込んだ元凶として、終わりが近づく片思いを見届けようとしている。

【――海果はまだ、どこかにいる。自らの〝約束〟を待っている】

幸運のイルカは、静かに囁く。

【――十年前の片思いが終わるとき、夏が終わる】

そう言い残し、海果を模した少女は忽然《こつぜん》と消えてしまった。

僕が瞬《まばた》きをした、たった一瞬での出来事だった。

「はっ……はは……まさか、幸運のイルカは僕の初恋を応援してくれるのか……？」

乾いた笑いが微《かす》かに漏れる。海果を奪い去ろうとしている幸運のイルカそのものが、僕の初恋を遠回しに動かそうとしている。

こんな回りくどい残酷なやりかたで、十年越しの片思いを動かそうとしている。

不快だ。嫌いだ。大っ嫌いだ。

ただの気まぐれで人生を弄ぶ不可思議な存在に海果が奪われるなど、あっていいはずがない。僕は、それを許さない。

「はっきりと言ってやる！　海果の居場所はそこじゃない！　幸運のイルカ《お前》のとなりじゃない！　あいつは僕のとなりで楽しそうに笑っているのがお似合いだから！」

だから僕は、ありがた迷惑を極めた元凶の存在に対し、こう言ってやるんだ。

「黙って見てろ!!　僕の初恋の結末を!!」

幸運のイルカが起こす不可思議な現象は、現状維持の片思いを許さない。

片思いが少しでも前に進むか、永遠に失われるのか。

あれから十回目の夏が訪れるとき、幸運のイルカによって審判が下される。

第六章　どこかの誰かに告白するのを待ってる

わたしは走るのが誰よりも速かった。

小学校の駆けっこでは常に一着であり、秋楽海果《あきらうみか》という名前は校内では有名だった。

運動会のクラス対抗リレーではアンカーを任され、前を走っていた二人を追い抜いて逆転優勝したときは、ちょっとしたヒーロー級の扱いを受けたのを覚えている。

「海果ちゃん、中学では何部に入るの？」

中学生になって一週間が過ぎたころ、席がとなりになった女の子に話しかけられる。

「んー？　まだ決めてないかなぁ」

「それじゃあ一緒に陸上部を見学しに行かない？　一人じゃ心細くてさ！」

この子はクラスに小学校からの知り合いがいないらしく、以前から興味のあった陸上部の見学に付き合ってほしいと頼まれる。

わたしも走ることに関心はあり、この子と同じように小学校からの知り合いは一人もいない。そろそろ友達も作りたかったし『似た者同士ならすぐ友人になれるかも』と心の中で期待したため、わたしは見学に付き合うことにした。

案の定、わたしたちは意気投合してクラスでもよく喋《しゃべ》るようになる。

その子は映画好きだったから、休日の部活帰りに木更津《きさらづ》セントラルへ立ち寄っては映画を観る機会も多かった。

あの映画おもしろかったねぇ！

結末は納得いかないけど、でもいろいろ考えさせられたよ！

あの結末だから観終わったあとの考察が捗《はかど》るじゃん！

観た直後に感想を言い合い、わたしたちは声を弾ませる。

木更津セントラルから各々の家に帰るまでの道を歩きながら、二人で映画について語りあうのが週末の楽しみになっていた。

陸上部に入ったわたしたちは短距離が主戦場になり、お互いが切磋琢磨《せっさたくま》しながら記録を伸ばしていた。

友達も小学校では敵なしだったらしく、わたしよりも速かった。

「もう二度と……負けたくない……」

同年代に負けたのが悔しすぎて泣きそうだったけど、わたしは明るい元気キャラで通っていたため、最寄りの海岸で涙を流しながら「次は負けない！」と一人で叫んだ。

誰よりも速く走りたい。

ただの興味本位で始めた陸上に、本気で取り組むようになっていく。

競技会で練習よりも良い記録が出たときは脳内の興奮物質が溢《あふ》れ、全身が心地よい痺《しび》れに包まれた。それが病みつきになり、もっと競技にのめり込む。

全力で走っているときに流れる景色や向かい風が気持ちよかった。

県大会などで一着のままフィニッシュラインを越えてから、徐々にスピードを落としていくときに味わう疲労と達成感がたまらなかった。

入学当初は陸上をするつもりはなかったのに、いつの間にか他人のタイムを上回る爽快感を覚えていたから、もっと速くなりたいと願うようになった。

負けたくない。短距離ではわたしの前を走らせたくない。

だから毎日、遅くまで残って自主練もした。

「海果、走るのが好きなのはわかるけど、夜遅くまでがんばりすぎじゃない？」

「だってさ〜、わたしは走ることしか取り柄がないからなぁ。これを失ったら他にやることないんだもん」

一人娘が部活だけに熱中している……それを心配するママの気持ちはわからなくもないが、その他にやりたいことが何もないのだから仕方ない。

小学校のころから走っているときだけ注目を浴びていたし、走っているときだけ歓声を浴びてきた。

「海果さんって凄《すご》いよね。陸上部でいちばん速いんでしょ？」

「余裕で全国いけちゃうんじゃね？　いまのうちにサインもらっておこうかな！」

周囲の反応が明らかに好意的になってきた。

ただ気持ちよく走っていただけなのに、不思議なものだと毎日感じていた。

「海果……俺さ、お前のことが好きだ。付き合ってほしい」

小学校では色恋沙汰とは無縁だったのに、中学にもなると思春期で背伸びする人が多いのか呼び出されて告白される回数が増えたし、SNSや電話も加えたら一年間で二桁の人数に告白されたと思う。

わたしは男女関係なく気安く絡み、笑顔で接するから仲良くなりやすい。

でも、わたしが抱くのは恋愛感情ではない……というより、恋愛というものがよくわからないので例外なく断っていた。

告白されて何も感じないのは、恋愛対象ではない証拠だから。

あとは単純に、恋愛をしているヒマがあったらそのぶん練習したい。

放課後は部活、休日も練習や大会がある。わたしの青春に余白は存在していないため、恋愛が入り込む余地は欠片《かけら》もなかった。

自分を客観的に評価するとしたら『走り』と『元気がある』こと以外の個性はないに等しい。あと、そこそこ可愛《かわい》い？

勉強も赤点ギリギリだし、体力テストで投げたソフトボールを地面に叩《たた》きつけてしまう女は球技のセンスもあまりないのだろう。

他に才能が見当たらないわたしには、ただ我武者羅《がむしゃら》に走ることを青春に捧《ささ》げていた。

本当に好きなもののためなら、多少辛《つら》くてもがんばれる。

わたしにとって速く走るための試練は大歓迎だったのに、一緒に入部した友達にとってはそうでもなかったらしい。

「海果さん、また自己ベストを更新したね！　凄い！」

二年生になってからの記録会で自己ベストを更新し、周りの部員たちがわたしに向けてくる期待の眼差《まなざ》しがより大きくなった。

部活に誘ってくれた友達のタイムを上回っており、わたしが友達に負けることは一切なくなっていた。

一年のころに比べて、いつの間にか力の差が逆転していたのだ。

わたしの能力が上がったから、という要因だけではなく、友達のタイムが伸び悩んでいるからでもあった。

一年前は彼女のほうが期待され、眩《まぶ》しく輝いていたというのに。

期待の声に対してわたしは愛想笑いを返し、それとは反対に友達は部活中の笑顔を隠していった。

彼女がわたしを見る目が以前とは変わっていた。

わたしを部活の見学に誘ってくれた無垢《むく》な瞳はどこにもなく、穏やかな表情の中に冷たさが垣間見《かいまみ》えるような気さえした。

このころから少しずつ心の距離が開いていたのかもしれない。

友達だと思っていたのはわたしだけだったのかもしれない。

「ねえ、自主練が終わったら久しぶりに映画でも観に行かない？　話題の作品がついに上映されるらしいよ！」

「ごめん、海果ちゃん。私は先に帰るね」

「……うん、お疲れ！　また明日ねぇ〜」

わたしの誘いが断られるのは、これで何度目か。

入部当初は自主練にも付き合ってくれていた友達が、先に帰るようになった。

少し前から友達には同級生の彼氏ができており、学校から二人で帰宅していく姿をたびたび目撃していた。

薄々、こうなると思った。恋愛なんてしていたら練習に打ち込む時間が大幅に削られ、才能があっても努力を怠り体力や筋力が衰えれば結果がついてこない。

数ヵ月前まではわたしの近くで速さを追い求めていたのに、彼女はそれをやめた。

彼女の気持ちがわからなかった。本気で目指してきた目標を捨てられるほどの〝恋愛〟という未知の感情が、わたしには到底理解できなかった。

競い合う身近な相手がいなくなり、わたしは喉が渇いたような物足りなさを抱えていた。

練習後に映画を観て、感想を語り合うような楽しい日々は——どこにいってしまったのだろうか。

程なくして友達と彼氏が一緒に帰る場面を見なくなり、友達は部活を休みがちになった。

それと同時期、とある男子に校舎内の空き教室に呼び出され、告白された。

初めて話した相手なのに見覚えがある。

それもそのはず。友達の彼氏だったからだ。

「あいつとは少し前に別れた。グラウンドを走っている秋楽さんを毎日見ていて、いつの間にか好きになっていたから」

軽薄さは感じなかった。

むしろ彼の顔つきは真面目で、彼女とちゃんと別れてから新しい恋を始めようとするのは誠実さすら覚えた。

悪い人ではない。けれど、なんかムカついた。

「ごめんなさい！　わたし、いまは部活で忙しいから誰とも恋愛するつもりないんで！」

定番と化した断り文句を使い、空き教室から立ち去る。

こいつさえいなければ、友達と良きライバル関係のまま競い合えていたかもしれない。

ぶつけようのない苛立《いらだ》ちが募り、早歩きを加速させた。

恋愛とは、恋心とは、わたしにとって人生を狂わせるものだ。

久しぶりに部活へ顔を出した友達は、部活後の自主練をしていたわたしにこう言った。

「海果、２００で勝負しよう」

下校時刻が迫っている時間帯ということもあり、大半の部員はすでに引き上げているため、練習用のトラックは誰も使用していない。

嬉《うれ》しかった。またこういう機会が訪れると思わなかったから。

ここからまた一年前のような関係性に戻れたとしたら……喉の渇きも収まってくれるに違いない。

不気味なほど静まり返った空間。

スターティングブロックに足をかけ、トラックに両手を置く。クラウチングスタートの体勢になった瞬間、これまでの経過が頭を過《よぎ》った。

この数ヵ月間、走り終えた直後のわたしを遠くから見る、友達の冷たい瞳を。

ここでわたしが勝ってしまったら、復帰してくれそうな友達のやる気に水を差しかねない……葛藤が生まれ、研ぎ澄ませたはずの集中力が乱れていった。

何様なんだろう、わたしは。余計にタチが悪い。こんな葛藤を抱く時点で、自覚のない上から目線になっているというのに。

ピストルの電子音が鳴り、瞬時に身体《からだ》を起こしながら足を押し出す。

最高のスタート。生暖かい風が纏《まと》わりつき、足先がトラックを蹴るたびに前への推進力が増す。軽い。友達との真剣勝負は脳の興奮を促し、身体を軽くさせる。

トラックは緩やかな左回り。加速していくにつれ、横目を流れる景色が霞《かす》んでいく。

外側を走る友達の背中を追い、最終コーナーに差し掛かったとき、察した。

最後の直線。コーナーを抜けた瞬間にかなりの差がついた。

ラストスパートで抜きん出たわたしは距離を広げ、圧勝する未来が見えた。

フィニッシュラインだけを見据えていればいいのに、かつての勝負ではそんな余裕などなかったはずなのに……いまは彼女を心配する余力さえある。

このまま彼女が大差で負けたら、もう一緒に走ってくれなくなる気がした。

練習後に二人で映画を観に行く日々を取り戻せなくなる気がして、怖かった。

そう考えた途端、足の力が徐々に抜けた。

勝とうとする意志に逆らい始めた脳が、足の動きを抑え始めたのだ。

数秒前に思い描いていた未来が、変わる。

友達に追いつかれ、フィニッシュ手前で前後が入れ替わり――

わたしは、僅差で負けた。

ゆっくりと速度を落とし、トラックから出た芝生のところで崩れるように座り込むと、息を切らした友達が近づいてきた。

その鋭い目つきには……明確な憤怒が宿っていた。

「ねえ海果、こんなので私が喜ぶとでも思った……？」

返す言葉が、ない。

「良いライバルだと思っていた人に気を遣われて……無意識に手加減をされる惨めさを海果はわかってない!!」

わたしは黙って俯《うつむ》くことしかできない。

無自覚に芽生えた上から目線は、いとも簡単に見抜かれていた。

「あなたのせいだ……あなたのせいで陸上部での居場所を失って、好きだった人の気持ちも奪われた!!　せめて全力で負けて……潔く諦めるつもりだったのに……私は見下されるために勝負を挑んだんじゃない!!」

わたしは大きな間違いを犯した。

彼女を狂わせたのは恋じゃない。

わたしだった。わたしがすべて悪かったんだ。

わたしが彼女の居場所をいつの間にか奪い、心の拠《よ》り所《どころ》だった恋愛すら奪ってしまった。

その自覚すらなかったのが余計に最悪で、秋楽海果という人間は最低なんだ。

真剣勝負ですら上から目線で汚し、台無しにしてしまった。

中途半端に同情される屈辱を、知らなかったから。

「あなたなんか……部活に誘うんじゃなかった」

苦痛に満ちた涙声でそう言い残し、友達はトラックから足早に出て行った。

わたしにとって勝ち負けなどどうでもよかった。自分が楽しければそれで満足だった。

皮肉にもそのことに気づいたときには、走る楽しさすら見失っていた。

その日以来、友達は部活に一切来なくなり……後日、顧問の先生から彼女の退部を知らされた。


友達だった人が、友達ではなくなった。いや、向こうが友達だと思ってくれなくなった。

わたしが彼女の居場所を奪ってしまった。

いろいろ考えるのに、もう疲れてしまった。

すべてが面倒になり、もはやどうでもよくなっていた。

あれだけ楽しかったのに、いまは走っても疲れるだけで何も残らない。

「海果！　危ない！」

先輩が慌てて警告を発したときにはすでに遅く、強い衝撃と同時に視界が揺れる。

著しく集中力を欠いたまま練習していたわたしは、となりを走っていた部員と激しく接触し、激しく転倒——

「あっ……ああ……うわ……はあ……ぐっ……」

声にならない悲鳴と大量の汗が止まらない。

右膝が裂けるような感覚に襲われ、気絶しそうな痛みが断続的に続く。

起き上がれなかった。駆けつけてきた部員たちに囲まれ、わたしは終わりを悟った。

もう以前のようには走れないと、悟った。

壊れてしまった足とは裏腹、思考は不気味なくらい落ち着いていた。

自分のことしか考えていなかった罰が下された、と……冷静に悲観する自分が、とても気持ち悪く思えた。

どうしてこうなったんだろう。

わたしはただ——気持ちよく走っていたかっただけだったのにな。


診断は全治数ヵ月。

リハビリ期間を入れたら一年間は大会に出られないのが決定的になり、来年の大会に間に合ったとしても以前の走りを取り戻せるかは保証できない……と医者に告げられた。

そうなんだ、という平凡な心境だった。

落胆が少ないように錯覚していたのは、走る楽しさをすでに失っていたから。

松葉杖《まつばづえ》をついて学校に行くと、クラスメイトや部活の仲間が心配して声をかけてくれる。

だが、見学として部活に顔を出すと……瞳に映る景色が様変わりしていた。

期待の目は他の部員に向けられ、わたしはすでに選手としては見られていないという現実だけがこの空間にはあった。

当然だ。来年の大会に運良く出られたとしても、いちど膝を壊した選手が長いブランクを経ていきなり結果を出せるほど甘い世界じゃないし、そもそもエントリーメンバーに入れない可能性だってじゅうぶんにある。

「海果ちゃんはもう無理でしょ。同じ怪我《けが》をした先輩たちも以前のように走れなくなって引退していったし」

部室に入ろうとしたら、室内で着替えている女子部員の雑談が耳に入ってしまった。

「あーあ、もったいないよね。全国大会までもう少しのところだったのにさぁ」

「私だったら部活なんてやめてイケメンの彼氏でも作るかな。ウチらはプロ選手じゃないし、復帰できるかわからないのにきついリハビリをするなんて時間の無駄じゃない？　普通の恋愛でもしたほうが残りの中学生活を満喫できそうだもん」

「それな。一年もまともに走れないとわかったら、潔く諦めたほうが青春を無駄にしなくて済むわー」

「海果さんもそのうち部活をやめるでしょ。怪我する前から楽しそうじゃなかったもん」

「一年のころはあんなに楽しそうに走ってたのにね～」

彼女たちの話に悪気はないのだろう。

わたしは部室に入れず、ただただ盗み聞きをしながら立ち尽くしていた。

秋楽海果は終わった選手。

自他ともにそう思うのだったら、ここにいる意味はもうなかった。

松葉杖が必要なくなり、ゆっくり歩けるようになった中学二年の夏。

わたしは逃げるように部活をやめ、学校以外はどこにも出歩かなくなっていた。

「海果さんって彼女持ちの男にも思わせぶりなこと言って別れさせるんでしょ？」

「陸上部も恋愛のごたごたで何人か辞めたらしいね」

「うわぁ……サークルクラッシャーじゃん。だから本人も追い出されちゃったのかな？」

その場にいない人の陰口はさぞかし盛り上がるだろうし、噂《うわさ》というのは尾ひれがついていくもの。

友達との一件が中途半端に伝わり、わたしが男子にも気兼ねなく接していたことが無理やり紐づけられ『色目を使ってカップルを別れさせる』『思わせぶりな態度をとりながら告白を断って楽しんでいる』などと一部で囁《ささや》かれるようになった。

あの友達が腹いせのために噂を流したのかもしれない……と、いちいち疑う自分にも嫌気がさしてきた。

「よくもそんなくだらないことをずっと喋《しゃべ》っていられるよねぇ……」

噂をしている連中の後ろを通りすぎながら、わたしはあからさまな嫌味で刺す。

わたしの挑発につられ、悪意を持って罵倒してきた無関係な連中。

こんなやつらに何がわかる。わたしの何が、わかるんだよ。

「……わたしは!! ただ、全力で走っていたかっただけだ!! 毎日走って、週末には映画を観て語り合う日々が……続いてほしかっただけなんだ!!」

感情的に叫びつけたわたしは、ただただ浮いていた。

くだらない憶測で喋りたい連中にとっては、騒がしい邪魔者でしかなかった。

そのまま摑《つか》み合いの言い争いになり、噂はさらに捻《ね》じ曲《ま》がり、翌日から周囲の人たちが露骨に離れていった。

わたしは一人になった。

誰からも好かれる性格なんてもので築かれた友情など脆《もろ》く、ちょっとした悪意で簡単に砕け散ることを知った。

くだらない。もはや噂を否定する気力すらなくなり、持ち前だった笑顔が消えていく。

身体や心が成長して大人に近づいていくのは、必ずしも良いことばかりではない。子供のころはもっと無邪気に過ごしていたのに、いまは余計なことばかり考えてしまうから。

速く走るだけで純粋に褒められていたころにはもう、戻れないというのに。

全力で走っているときだけは、嫌なことをすべて忘れられた。

でも、いまのわたしは全力で走れない。

走れないから落ち込み、余計なことを考えるだけの日々に希望など見出《みいだ》せない。

学校では露骨に避けられ、教室内に蔓延《まんえん》した悪意に撫《な》でられ続ける。

生きている意味が、なかった。

もう疲れた。いろいろ考えるのが、疲れた。

好きなことや目標みたいなものを喪失し、自室でだらだらしながら時間を潰す……あまりの変貌ぶりに両親は多少の危機感を覚え、特にママは毎日のように心配していた。

「海果、他にやりたいことはないの？　中学には文化部だってあるんでしょ？」

「んー……特にないかなぁ」

「だったら高校受験の勉強をそろそろ始めないとマズいんじゃないの？　海果、部活ばかりで勉強のほうは全然してこなかったでしょ？」

「あー……うるさいなぁ。そのうち始めるって」

抜け殻のようになっていたわたしは、興味なさそうにスマホを弄《いじ》りながら曖昧な返事をする。部活をしていたときには絶対に飲まなかった炭酸飲料を堂々と飲み干し、スナック菓子を齧《かじ》る姿は怠惰そのものだった。

幼少期からの心の支えを失ったわたしは心から笑えなくなっていた。

とってつけたような愛想笑いですら、激しく疲れた。

「いい加減にしなさい！　たかが全力で走れなくなったくらいでそんなに落ち込まないで！」

ママから叱られた瞬間、何かがぷつんと切れたような気がした。

「……たかが走れなくなったくらい？　ママにわたしの何がわかるの⁉」

脆い部分に触れられ、わたしは憤ることで弱さを隠そうとした。

「走るのが大好きだったのに、全力で走れるかわからなくなったんだよ⁉　もう前にみたいな楽しさがどこにもないんだよ⁉　ママにはわからない！」

そのまま部屋を飛び出し、家から数十メートルほど離れたところまで衝動的に走ったのだが――右膝をかばうように不格好な形で止まった。

大怪我《おおけが》をした瞬間の映像がフラッシュバックする。

不気味な痺《しび》れが痛みと化して膝を這《は》い、恐怖を覚えたからだ。

「はあ……はあ……」

灼熱《しゃくねつ》の炎天下、膝に手を置きながら息を乱す。

来年の大会までに足が治るとか、そういう問題ではなかった。

わたしの心に刻まれた傷や痛み。

こうして走るたびに恐怖やトラウマが押し寄せてくるとなれば……脳や身体《からだ》が警告を発し、全力で走るのを勝手にやめてしまうようになるだろう。

大量の汗と涙が混ざり、熱せられたアスファルトに落下して蒸発した。

「もう走れない……わたしは思いっきり走れないんだ……」

あらためて突きつけられた残酷な事実を前に、わたしは泣きながら弱音を吐くことしかできなかった。

自分で蒔《ま》いた種だから、誰のせいにもすることができなかった。

全力で走らなかった愚か者に与えられたのは、全力で走れないという罰だった。


次第に引け目を感じ、家にも居づらくなった。

両親には『囲碁将棋部に入った』などと思いつきの嘘《うそ》を言い、わたしは学校帰りに寄り道しながら時間を潰すことが多くなっていた。

「幸運のイルカって知ってる？」

学校ではクラスメイトが〝幸運のイルカ〟について話していた。

どんなものなのかは一切不明らしいが、見つけると良いことが起きるなんて噂されているとか。実に胡散臭《うさんくさ》い噂話でも、わたしは笑い飛ばす気になれなかった。

そんなものにでも縋《すが》りたいほどの不安定な精神状態であり、自分にとって失ったものは大きかったから。

イルカといえば海に生息している印象。

たったそれだけの理由で地元の海岸や海浜公園に足を運び、日が暮れるまで海を眺めるだけの日々は、わたしに何ももたらしてはくれない。

この無意味な行動の先に、おぼろげな光があるとしたら……笑えるくらいの滑稽な願望が、唯一の心の拠り所《よりどころ》だった。

そんなときだった、自分と似たような目をした少年と出会ったのは。

小学生が群がる砂浜を遠くから恨めしそうに眺めていた少年の姿に、わたしの視線はなぜか吸い寄せられていく。

この子も居場所がない。どこにも逃げ場がないんだ。

本能的にそう感じたから、わたしは自ら歩み寄っていったのかもしれない。

「キミは潮干狩りしないのかね～？」

この少年なら傷を舐《な》め合えるかもしれない……と一方的に仲間意識を感じたから、初対面なのに馴《な》れ馴れしく話しかけてしまったのだろう。

少年は生意気だった。喋り方はクソガキそのものであり、年上の女性に甘えたそうな態度もときおり見せてくるのが年相応でなんとも可愛《かわい》らしい。

話してみると、やはり家庭環境に問題を抱えていそうな子だった。

わたしとは異なる状況だけども、居場所がないのはどちらも同じ。

だったら二人で寄り添えばいい。

わたしたちのいる場所が、新たな居場所になればいい。

傷の舐め合いだと揶揄《やゆ》されても、わたしたちが楽しければそれでいい。

楽しい日々が戻ってきたと錯覚できれば、一時的にでも苦しみや痛みを忘れられるから。


わたしと少年は遊ぶようになった。

放課後や休日に待ち合わせをして近場の遊び場へ連れていくのは簡単だったが、初心《うぶ》な少年を誑《たぶら》かしている気がして妙な背徳感があった。

常に抱えていた悩みも喪失感も、少年と遊んでいるあいだは綺麗《きれい》に忘れられた。

くだらない言い争いをしている時間がとても新鮮に感じ、唯一無二のように思えて仕方がなかった。

少年にたくさんの初体験をさせてあげるつもりが、いつの間にかわたしのほうが様々な感情を知ることができた。

ビリヤードや格闘ゲームで対戦した木更津セントラルで大人のお姉さん面をするたび、少年の顔がいちいち赤くなるのが微笑《ほほえ》ましかった。

回転寿司《ずし》やまとに行ったとき、少年が美味《おい》しそうにお寿司を頬張《ほおば》る顔を眺めているだけで幸せになれた。だけどキミは食いすぎ。財布が空になったんだからね。

お昼寝しに公園へ行ったときも、わたしの顔を間近で見ながら照れ臭そうにしていた。

お昼寝トモダチなのはウソじゃなかったんだよ。

高校生になったキミはもう覚えていなかったけれど、二人でお昼寝をしながら修学旅行の夜みたいに語り合っていた日があったんだから。

海岸でキャッチボールをしたとき、わたしが投げた変化球もどきに尊敬の眼差《まなざ》しを送る少年がチョロくて可愛すぎた。

少年はわたしのエセ関西弁が嫌いみたいだから、もっと言いまくってやった。少年は素直だから意地悪したくなるんだよね、ごめんなさい。

少年にデートを申し込まれたのは素直に嬉《うれ》しかったけど、戸惑いもあった。

わたしは恋愛がわからなかったから。

恋心を宿した経験がなかったから。

だから鬼ごっこで誤魔化《ごまか》し、返事を十年ほど先送りにしようと企《たくら》んだのだ。

わたしが恋愛を知るまで待ってほしかった。それまで少年くんにはわたしのことを好きでいてほしいなと……ズルい思考が働いたから。

そして、無様な姿を晒《さら》してしまった。

鬼ごっこの途中で走るのを止《や》めてしまい、みっともなく泣き崩れ、うだうだと泣き言を吐いた。

年上の女性として強がっていたのに、わたしのほうが幼稚な子供だった。

「僕が幸運のイルカを見つけて海果姉に見せてあげれば……良いことが起きる！　きっと良いことが起きて、また走れるようになるから!!」

わたしにとっては最強の口説き文句に等しい言葉を、少年が力強く言い放つ。

脆弱《ぜいじゃく》で無防備だった心が、少年の手に摑まれた瞬間だった。

熱くなった。信じられないほど胸が熱くなり、涙で濁っていた世界が色鮮やかに映った。

ああ、ようやくわかった。

これが〝恋心〟なんだと。

五つも年下の小学生に教えてもらえるとは思いもしていなかったけど、いまなら友達の気持ちが理解できる。

わたしを部活に誘うくらい走るのが好きだった友達が、それを捨ててまで最優先にしていた恋愛という感情を……わたしはようやく知ることができたのだ。

人間とは身勝手で単純な生き物である。

初恋を知った秋楽海果にはいままで抱えていた葛藤など、ちっぽけなものに思えたから。

しかし、大きな過ちはここから始まっていた。

幸運のイルカなんてもう必要ないと言えばよかったのに、舞い上がっていたわたしは少年の純粋すぎる決意に水を差せなかった。

久しぶりに心から笑えている自分に気づく。

大きく欠けた心を満たして補ってくれる存在は、少年くんだった。

しかし、わたしたちの夏は唐突に終わりを迎える。

夏にしては涼しい曇り空の下で待ち合わせした日の出来事だった。

「少年、遅いなぁ……」

待ち合わせ時間を過ぎても少年が来る気配はなく、数十分の待ちぼうけをくらってしまう。小学校のほうが早く授業が終わるので、いつもは向こうが先に待っているのに。

少年は連絡手段を持っていない。

待ち合わせ時刻から三十分以上が過ぎたら、その日の遊びは中止になる。

夜からは大雨の予報。少し迷ったけれど、わたしは雨が降る前に帰ることを選んだ。

家に戻り、自分の部屋から窓の外を見る。

家の屋根に雨が着地する音が聞こえ始め、分厚い雲のせいで不気味に暗くなってきた。

「まさか……イルカを探してるなんてこと、ないよねぇ？」

先日の言葉が頭の中で繰り返される。

本気で幸運のイルカを探す人がどれだけいるのか知らないけど、あの真っ直《まっす》ぐな少年くんだったらイルカの逸話を信じていそうだから。

この胸騒ぎが杞憂《きゆう》でありますように、と祈りながら、わたしは早歩きで家を飛び出し、少年の通学路にある水辺のあたりにやってきた。

やがて地面に水滴が目立ち始め、雨音が反響する。

水分を吸った制服のせいで身体が重く、執拗《しつよう》に叩《たた》きつける雨が水の壁となって立ちはだかり、探すための視野を狭めてしまう。

さすがに家に帰ってる。そうに決まっている。

そう楽観視しつつも、わたしの足は引き返すという選択をとらない。

膝に痛みが走る。力を抑えたランニング程度の速さでも負担がかかっているようだ。

胸騒ぎが収まってはくれない。

雨は止む気配すらなく、厄介な向かい風に押し戻されそうになる。

少年くんはどこにいるのか。

すでに帰っているのなら無駄足になる。それでいい。

もしあの子に何かあったら、わたしは……今度こそ立ち直れなくなる。

居場所を失いたくない。あの子を失いたくない。

最悪の可能性が頭を過《よぎ》る中、わたしは膝の痛みを堪《こら》えながら少年の名前を呼び、広い範囲を走り続けた。

「えっ……なに？」

橋の上を通りかかったとき、ふと何かを感じた。

何者かがわたしを導いているような……自然に身体《からだ》が引き寄せられ、川沿いの道を走る速度が徐々に上がっていく。

増水した川を包み隠す暗闇の中に、青白い光が落ちていた。

「た、助けて！　あっ、はっ……誰か！」

……聞こえた。少年が助けを求める声が。

わたしはぬかるんだ地面を蹴り、全速力で走り出した。

暗闇に身を投じていく。脳が冴《さ》えているのか、恐怖心など感じなかった。

また膝が壊れてもいい。わたしの心を救ってくれた少年を助けたいと願い、荒れた斜面の河川敷を下っていく。

腕や足に草木が擦《こす》れ、無数の傷が刻まれても……前進をやめない。

いまにも溺れそうになっている少年の手を摑《つか》み、力いっぱい引っ張り上げる。

わたしの膝の上に寝かせた少年の手の中には、水色の髪飾りのようなものが握られていた。

髪飾りの形は……イルカ。

少年はイルカの髪飾りをわたしにくれた。

怒りたい。叱りつけてやりたい。

一歩間違えば少年は命を落としていたのだから、間違っても褒めていいわけがない。

わたしのせいなのだ。こんな危険を冒してまでもわたしを笑顔にしたかったのだとしたら、こんなに幸せなことはない。

そんなの間違っている。

二度と許してはいけない。

でも……わたしは甘っちょろいから、大好きな少年くんをこれ以上は叱れないんだ。

少年が差し出したイルカを受け取り、嬉しさが滲《にじ》んだ笑顔を晒したまま、前髪につけちゃったりしちゃうんだよ。

【あなたに――　〝永遠の夏〟が訪れる】

声が、聞こえた。

少年のでもわたしのでもない第三者の声が、頭の中に響いたような感覚に陥る。

それ以外の声も、音も、消えた。

川の流れも、風で揺れていた木々も、雨粒も、静止していた。

「なに……これ……」

イルカの髪飾りが青白く光り、知らない映像が次々と流れ込んでくる。

周りの景色は地元だと思われるが、民家の形や人々の服装などが古く感じる。

おそらく昭和時代……戦後すぐあたりだろうか。

これは……おそらく他人の記憶。わたしが生まれる遥《はる》か前と思われる他人の記憶に登場した可憐《かれん》な少女が主人公なのだろう。

まるで一本の映画を観せられているかのように場面が進んでいく。

可憐な少女は幼馴染《おさななじみ》の男の子に密《ひそ》かな片思いをしていた。

手紙をやり取りしたり、砂浜で波を浴びながら水をかけあう微笑ましいデートをしている二人は本当に幸せそうに笑い合っていた。

少女の誕生日には幼馴染の男の子がイルカの髪飾りを手作りし、プレゼントしていた。

少女はあどけない笑顔を咲かせながら髪に着けて、照れ臭そうに頬を赤らめていた。

夏梅《なつめ》少年にもらった髪飾りと完全に一致しているのは、この少女が幸運のイルカの持ち主だったから。そうとしか考えられなかった。

何年も近くで片思いをしていたのに、少女は告白できずにいた。

想《おも》いを告げていまの幸せが壊れてしまうくらいなら、このままの関係を続けたい。

愚かだった。

でも、この愚かさがわたしは愛《いと》おしくさえ思えた。

しかし、慎《つつ》ましやかな幸せは長く続かなかった。

幼馴染の男の子は大企業の跡取り息子。

親が決めた許嫁《いいなずけ》と結婚することになり、少女は激しく後悔しながら砂浜で泣き続けた。

彼と通った思い出の砂浜で、涙が枯れ果てるまで後悔の言葉を呟《つぶや》き、勇気を出せなかった自分を責め続けた。

自分がいちばん近くで彼を見ていた。未来を変えられたかもしれなかった。

こんな時代じゃなければ、駆け落ちを覚悟してでも告白していれば、悲恋の運命が変わったかもしれないのに。

過ぎ去った時間は戻らないのに『あのときこうしていれば』という想いが複雑に絡まって少女を縛りつける。

少女の初恋は、純粋すぎる片思いは、終わった。

まだ若い少女の心は非常に脆弱で不安定だった。

それこそ、この失恋で絶望してしまうくらいには将来を悲観した。

そして――少女は海に身を投げた。

少女の亡きあとに海を漂うイルカの髪飾りには、少女の恋心と後悔が宿った。

持ち主だった少女と同じように片思いを胸に秘め続ける若者に対し、初恋が前に進むか完全に終わるかの決断を下す〝七つの季節〟となって。

幸運のイルカは世間で噂《うわさ》されるようなラッキーアイテムではなかった。

「まいったな……わたしが選ばれちゃったのか」

永遠の夏に魅了された最初の一人目は、秋楽海果。

幸運のイルカは……いや、持ち主だった少女は、わたしの初恋を強制的に動かそうとしている。イルカと直接繋《つな》がっているから、言葉で説明されなくてもだいたい伝わってしまう。

永遠に時間を止められてしまったわたしの使命はただ一つ。

七つの季節が訪れた人にしか自分の姿が目視できない状況で、現状維持の片思いの結末を永遠に見届けること。

悪夢だと思いたいけど、時間が止まった世界があまりにも生々しすぎる。

「わたしはずっとこのままになっちゃうのかな……」

持ち主の少女に、そう問いかけてみる。

【——十年後の夏、永遠の夏は決断を迫る。永遠の夏から解放される方法はある】

…………

その条件を告げられ、わたしは大きく息を吐きながら空を見上げた。

片思いの相手に告白され、片思いを終えること

〝永遠の夏〟から十年間は解放するつもりがないという意思の表れでもあり、少年に言った『十年後に立派な大人に成長したら出直してきなさい』という自らの発言を嘲笑《あざわら》うかのような条件に辟易《へきえき》させられた。怒る気力すら失われたのだ。

そんなの不可能に決まっている。

なぜなら、永遠の夏が始まる瞬間にわたしに関する記憶が片思いの相手から消えるらしいから。

つまり、少年の記憶からわたしが消える。十年後に立派な大人に成長したら出直してきなさい、なんて口約束もきっと忘れてしまう。

この十年は幸運のイルカの代行。もし告白されなかったら……わたしは本物の幸運のイルカとして永遠の時間を彷徨《さまよ》い続けるのだという。

これが代償なのか。少年からの好意を素直に受け止めきれず、十年後などと先延ばしにして恋心と向き合わなかった恋愛初心者への理不尽な罰。

最初で最後のチャンスは十年後だが、少年が違う人を好きになっていたら……そのまま見守ろう。きっと、わたしは邪魔者になってしまうから。

邪魔しないようにひっそりと、少年くんの〝初恋〟を応援してあげよう。

わたしはすべてを悟り、一時的に止まっていた時間が再び動き始める。

少年に説明してあげる時間は、もうなかった。

「少年、またいつか会えるといいね。
もしキミがわたしのことを覚えていたら、十年後にでも告白しに来てくれると嬉《うれ》しいな」

少年くんが十年後も海果お姉さんのことを好きだったら、の話だけど。
それまでわたしは、待ってる。
キミからは果てしなく遠く、わたしからはキミに触れられるくらい近いところで。
十年後の少年がどこかの誰かに告白するのを、待ってるから——

最終章　最初で最後のかくれんぼ

それからの十年はあっという間のようで、永遠に近い感覚だった。

現状維持の片思いが強制的に動き出し、何人もの決断と結末を見届けてきた。

もちろん両想いのハッピーエンドばかりではなく、臆して告白しない代償により不幸になっていった人もいた。それを間近で見届けてきた。

純粋な片思いだった。

陽炎《かげろう》の夏が最初に訪れた女の子は、亡くなった片思い相手を想い続けるのをやめなかった。

好きな人の幻影に誘われ、何度危うい目にあっても、好きな人の幻に会いに行っていた。

「やめて！　このままだと……あなたは自ら命を落とすんだよ⁉」

何度もそう警告した。

喉が張り裂けるくらい叫び、その子の初恋を諦めさせようとした。

それで生じる胸の痛みなど、この子が感じている痛みに比べたらマシだと思いながら、わたしは奔走した。

でも、わたしは無力だった。純粋すぎる一方通行の片思いには小娘の影響力など微塵《みじん》もなく、何もしてあげられなかった。

夏の暑い日、その子はわたしの目の前で飛び降り、亡くなった。

「こんなのおかしい!!　こんな片思いの終わりは……間違ってるって!!」

救えなかった。手を伸ばしても届かなかった。

誰にも届かないわたしの叫びは夜空に消え、横たわる女の子は何も喋《しゃべ》ってはくれなかった。さっきまで普通に話していたのに、普通に笑っていたのに。

女の子はもう、息をしていなかった。

「もう嫌だよ!!　こんな役目なんてやりたくない!!　わたしを元通りにしてよ!!」

イルカの髪飾りを地面に叩《たた》きつけても、いつの間にかわたしの髪へ戻る。

呪いなんだ、これは。物好きなイルカがわたしを苦しめるための呪い。

「嫌だぁ……もう……家に帰りたい……人間に戻りたいよぉ……」

逃れられないのだと悟り、頽《くずお》れるように地面に座り込んでも……通行人は見向きもしない。そこに何もないかのように誰とも目が合わず、わたしの存在だけが浮いていた。

「ごめんね……ごめん……」

わたしには何もできない。自分を責めて謝ることしかできない。

ほとんどの人はわたしを目視できず、自ら命を絶つこともできず、数年前から容姿が一切変わらない自分はもはや化け物なのに、罪悪感に苛《さいな》まれることで人間の真似事《まねごと》をしていた。

人間らしさを失ったらもう、秋楽海果《あきらうみか》に戻れなくなるような気がして。

この悲しみや無力感に慣れてしまったら、もう人間じゃない。

それが幸運のイルカの望み。

わたしはいずれ、人を悲しませるだけの怪物になるのだと、思った。

こんなことを永遠に繰り返していたら、いずれはそうなるのだと、思った。

七つの季節が訪れた人への感情移入をやめるようになっていった。

自分の心が粉々に砕かれる激痛に、慣れたくなかったから。

わたしが行方不明となってから一年、二年、三年と経過していくうちに、行方不明のニュースが人々の記憶から薄れていくのを感じた。

これに関しては幸運のイルカが影響を及ぼしたわけではなく、赤の他人である田舎の中学生が行方不明になった出来事など不要な情報として世間から忘れてられていった、というだけのこと。

両親は毎日のように娘を探していた。

ネット上にホームページを作ったり、ビラを配ったりしながら情報提供を呼びかけていたが、わたしは幸運のイルカによって普通の人々の目に映らないようにされてしまったのだ。有力な情報など集まるわけがない。

それを両親に伝えられないのがもどかしく、仕事帰りや貴重な休日にビラ配りをしている両親をただただ見守ることしかできないのが本当に悲しく、目を背けたかった。

「私が酷《ひど》いことを言ったせいで海果は……」

ママが憔悴《しょうすい》しながら吐露するこの言葉。

違う。ママのせいじゃない。悪いのはわたしなのに――

わたしが幸運のイルカなどに縋《すが》ろうとしなければ、少年がイルカを探すこともなかったから。

目を背けたわたしは瞳に涙を溜《た》め込みながら、自分自身を責め続けた。

「ママ！　ここにいるよ！　わたしは……海果はここにいるよ！」

ママの目の前で叫んでも、声は届かない。わたしの姿もママには見えない。

こんなに近くにいるのに、果てしなく遠いような絶望がここにはあった。

夏梅《なつめ》少年のことは遠くからたまに眺めていた。

年齢も追い越され、身長も追い抜かれてしまったのがちょっと悔しかったけど、少年が大人っぽく成長していく姿は誇らしくさえ思えた。

秋楽海果を綺麗《きれい》に忘れた白濱《しらはま》夏梅は父親の教育によって心を閉ざし、小学六年生のときに広瀬春瑠《ひろせはる》の優しさに救われ、そのまま恋をした。

少年はそれを初恋だと思い、純粋に片思いをしていたから……邪魔ができなかった。するわけにはいかなかった。

いまの少年にとってわたしは、見知らぬ年下の中学生に過ぎないから。

初恋はわたしじゃなくなったのだから、陰ながら応援するだけ。ちくちくと刺すような胸の痛みを誤魔化《ごまか》しつつ、わたしは少年の初恋を遠くから見守る日々を送っていた。

無意識に感情移入してしまっていたのかもしれない。

わたし以外の人に恋をしている無垢《むく》な瞳を見ているのが、辛《つら》かった。

悲しいとか、辛いとか、そんな人間らしい感情が残っていることに安堵《あんど》する自分もいた。

慣れてしまい、何も感じなくなったら――

すでに人間ではなくなった証《あかし》になってしまうから。

そして、代行を始めてから九年目の夏が来た。

イルカの持ち主だった少女は片思いの終結が大好物らしく、現状維持を許してはくれない。

広瀬春瑠に陽炎の夏が訪れ、それに巻き込まれた夏梅少年とも関わらなくてはいけなくなったのが大きな誤算だった。

「ねえ、そこの少年」

それが、少年とわたしの九年ぶりの再会。

話しかける直前は緊張し、声が裏返りかけたものの……九年ぶりに言葉を交わした。

金田《かねだ》みたて海岸の波止場で少年を見かけ、勇気を出して声をかけた日。

だけどね、本当は内緒にしていたことがあったんだよ。

陽炎の夏や忘却の夏が過ぎ去ったあとも夏梅少年だけにわたしの姿が見え続けていたのは、十年目の夏が迫ったことで眠っていた永遠の夏が再び目覚め始めていたからなんだ。

予想通り、わたしに関する記憶は一切忘れている。

夏梅少年が幸運のイルカを探しにやってきた金田みたて海岸にて九年ぶりに少年と再会した途端、覆い隠していた想《おも》いが抑えきれなくなった。

口調や態度が生意気だった。でも、そこが少年らしくて本当に懐かしかった。

必要以上に喋りたくなってしまい、くだらない口論も楽しすぎて困った。

とっくに諦めていたのに。

春瑠との恋を応援し、わたしは静かに身を引くつもりだったのに。

少年があのころと同じように接してくれたのがなによりも嬉しかったし、バイクの二人乗りをしながら最高の充実感に満たされてしまっていた。

思い出してしまった。少年と遊ぶときの特別な楽しさのようなものを。

どうすればいいのだろう。

大きく揺れる感情に振り回され、とっくにしていたはずの決断が鈍り始めていった。

少年は春瑠に片思いしている。

わたしは少年に対する片思いを誤魔化しきれないところまで自覚してしまった。

少年の記憶が欠けて春瑠に恋したことにより、わたしたちは両片思いではなくなっていたのだ。一方通行の片思いが成立し、停滞していた現状が急速に動き出してしまった。

幸運のイルカは現状維持の片思いを許さず、見て見ぬふりをして先延ばしにしている臆病者を絶対に見逃してはくれない。

わたしは一人目。

片思いを終わらせる〝七つの季節〟が最初に訪れた女の子なのだから。

＊＊＊＊＊

春瑠や冬莉《とうり》を苦しめた〝七つの季節〟が過ぎ去り、本格的な冬が始まったころ。

絶対に外せなかったイルカの髪飾りがわたしの髪から突如として消えてしまい、幸運のイルカのせいだと疑った。

【次の夏を迎える前に片思いを終わらせないと――】

頭の中に声が響く。持ち主だった少女の声が現状維持の終了を告げる。

次の夏を迎えてしまったら十年が過ぎ、少年との約束が果たせなくなるので、その前に決着をつけさせたいのだろう。

九年ぶりにわたしと過ごすようになった少年は、失っていた記憶を少しずつ取り戻していった。それは、永遠の夏のタイムリミットが迫ってきた影響の表れ。

でも、少年が完全に思い出してしまったら……春瑠との恋の邪魔者になってしまう。

それが怖かった。わたしは少年の恋路を見守ろうと決意していたから。

わたしはもう、人間ではなくなってしまうから。

十回目の夏が近づいてくるにつれて、少年はわたしと過ごした過去を少しずつ思い出すようになっていった。

あれから十年目の夏にわたしたちの口約束を動かすため、幸運のイルカは十年近くものあいだ少年から記憶の一部を奪っていた。

春瑠に恋する少年にとって、春瑠を初恋だと思い全力の恋をしている少年にとって、わたしとの記憶など邪魔以外の何物でもない。

木更津《きさらづ》セントラルに初めて連れて行ったのは春瑠、少年に初めての恋を教えたのも春瑠。

それでいいじゃないか。

勝手に記憶を奪い去ったくせに、最悪なタイミングで返却しなくても……いいじゃないか。少年の恋心を思い出補正で捻《ね》じ曲《ま》げてまで、自分の恋を叶《かな》えたくない。

わたしの片思いは十年近く前に終わっている。

少年は新しい恋に夢中なのだから、そっとしておいてよ。

わたしは……少年が過去の記憶を思い出していくのを恐れ、無くした髪飾りを必死に探し続けた。


現状維持を続けてしまったら、わたしにとって最悪な結末を迎える。

永遠の夏が秋楽海果としての自我を奪い去り、人ならざる者へと変わる……つまり完全な幸運のイルカとなって少年の前から永遠に消える。

もし片思いの相手に告白されたら、永遠の夏から解放される。

この二つに一つしかない。

他の現象と同じように、片思いが前に進むか永遠に失われるかの究極の二択が迫っている。

それでもいいか。

秋楽海果としての自分を忘れ、少年の目からわたしの姿が消えたとしても。

だって、幸運のイルカからは一方的に見えるもん。

少年が他の誰かに恋している姿であっても、ちゃんと成長して大人になって、誰かを幸せにしている少年をずっと見守ることができるから。

記憶をなくした守護霊みたいなものだと思ってもらえれば、それでいいからさ。

少年が堀田《ほった》マキナと一緒にキャッチボールをしているところ、実は遠くから見ていたんだよ。わたしの姿は見えていなかっただろうけど、腕や足が痣《あざ》だらけになりながら、ショートバウンドを何度も何度も捕ろうとしていたよね。

でも、わたしは途中で立ち去ってしまったんだ。

もう永遠にキャッチボールができなくなるわたしは、羨望の眼差《まなざ》しを送ることしかできないから。

キミの雄姿を最後まで見ていられなかった。

これ以上の未練が生まれてしまうと、お別れするときに辛すぎるでしょ？

だから許してください。弱いわたしを……見損なわないでください。

わたしはキミのことをいずれ忘れると思うけど、キミがわたしのことを覚えていれば、二人の思い出だけはずっと残り続けるから。

くだらないお喋《しゃべ》りが二度とできなくても……わたしは……大丈夫だからさ……

あれ……どうしてだろう……

「なんでこんなに……悲しいのかなぁ……」

咄嗟《とっさ》に上を向いても、瞳から氾濫した涙が止めどなく零《こぼ》れてくる。

一人がこんなに寂しいとは思わなかった。

とっくに諦めていたのに、覚悟は決めていたのに。

九年ぶりに少年と再会して、他愛《たあい》もないお喋りを繰り返して、一緒に遊んだから。

「少年と……また喋りたい！　遊びたいよぉ……」

毎日毎日……もはや誰にも認知されない世界でみっともなく泣き喚《わめ》いているうちに、あれから十回目の夏を迎えようとしていた。

幸運のイルカの代行を始めてから十回目の七月某日。あの日と同じ日付になる。

「そっか……もう始まっちゃったか……」

腕の指先から肘くらいまでの色素が薄くなっていき、背景が透ける。

「いやだ……いやだよぉ……」

わたしの自身が淡い青白い光に包まれ、水が蒸発していくように身体《からだ》の表面から青白い粒が飛散していき、手の指先から少しずつ、少しずつながら崩れ始めた。

こうして徐々に人の形を無くし、あの日と同じ時刻を迎えたら完全に消える。

「助けて……少年……わたしを見つけて……」

周囲に人はたくさんいるのに、わたしの姿が見える人はいない。声が届く人もいない。

無様な泣き言は波の音に攫《さら》われ、どこの誰にも届かなかった。

見つけて、わたしを。

待ってるから。わたしはキミを――あの場所で待ってる。

＊＊＊＊＊

もう間もなくタイムリミット。

十年間も続いた永遠の夏が終わろうとしている。

代行期間が終わり、完全な形で幸運のイルカとなるという結末で物語は終わる。

夕方の水平線は燃えるように真っ赤で明るく、青白く光りながら泣き続けているわたしとは正反対だった。

少年からもらった葉っぱの髪飾りにそっと触れる。

「これ……嬉《うれ》しかったなぁ。少年、やるじゃん」

予想外のプレゼントは胸がときめいた。あれはズルい。不意打ちすぎる。

いつの間にか乙女心がわかる……いや、海果ちゃん心がわかるようになっていたか～。

そう、わたしはタヌキになるのだ。可愛《かわい》らしいタヌキになって、これからも少年に迷惑をかけ続ければ、わたしのことを忘れずにいてくれる。

きっとそうだ。

わたしのことをタヌキ呼ばわりするのは、他ならぬキミだけだから。


キミの家でプレイしたヒューマンフォールフラット、難しすぎたよ。

でも、普通の中学生みたいにワイワイと過ごせたあの空間は居心地が良かったから、それから何度もキミの家にお邪魔しちゃったな。

いつからか、わたしのためにお菓子を補充してくれるようになったね。

キミは素直じゃないのでわたしを追い出そうとしてくるけど、そういうところが可愛いんだよなぁ。


また、二人で木更津セントラルに行きたかったな。

無垢《むく》な少年相手に得意げな顔をしながらビリヤードをしたり、格ゲーでボコボコにしてやりたかった。ただ、この場所でキミと一緒に映画を観《み》なかったのは後悔してる。

これに関しては過去にタイムスリップでもしないと不可能かぁ。


キャッチボールも久しぶりにできて楽しかったよ。

十年前に比べて少年は背が伸びていたから、なんだか新鮮な気持ちでボールを投げることができた。ショートバウンドは身体で止めなきゃいけないんやで。

次にキャッチボールをするときは、ワイの変化球を捕れるようになっときや。

少年が嫌うエセ関西弁、もう一度聞かせてやりたかったなぁ。


イルカの髪飾りを探しながら喋っていた時間、わたしにとっては贅沢《ぜいたく》すぎるひと時だったよ。

やっぱりキミと一緒に過ごす時間は楽しすぎて、あっという間に終わっちゃうね。

ありがとう、得体の知れない女の気まぐれに付き合ってくれて。


キミと食べに行った木更津の回転寿司《ずし》、また食べに行きたかったなぁ。

あの店はわたしの行きつけで、ネタが大きいから大好きなんだよ。

あのときは先輩であるわたしが奢《おご》ったから食べる量を抑えたけど、今度は少年が奢ってくれると嬉しいな。

そしたらお金の心配をせずに、じゃんじゃん食べられるから。


キミとの鬼ごっこは特別だった。

十年前は全力で走れなかったからさ、こうして高校生になった夏梅少年と全力の鬼ごっこができたのは奇跡みたいなものだったんだ。

わたしの圧勝だったけどね。

バスケ部で全盛期だった少年と戦っていたとしても、たぶんわたしが勝つと思うな。


いま気づいた。わたし、勝負事で少年に負けたことがなかったな。

もっと勝負したかったけれど、もう無理だと思う。

勝ち逃げしてごめんなさい。


少年とともに過ごした日々は十年前を含めてもそんなに長くないのに、たくさんの思い出が脳裏を駆け巡っていく。

キミはいろいろなことを教えてくれた。

傷の舐《な》め合《あ》いをしているうちに、様々な感情を与えてくれた。

好きなものを失ったわたしの居場所を再び作ってくれた。

最後くらいは、とびっきりの笑顔で――
一人ぼっちのまま、永遠の別れを密かに告げようか。

さよなら、少年

最初で最後のかくれんぼは、わたしの勝ちだね。

…………

……

「お前を見つけたから、かくれんぼは僕の勝ちだ」

声がした。
もっとも喋りたかった人の声が。
会いたくて、遊びたくてたまらなかった人の声が。
突然すぎた。

本当に困るな、こういう予定外の出来事は。

いままさに消えゆこうとしていたわたしは、誰かの大きな身体に抱き寄せられ、大好きな温《ぬく》もりに包まれていた。

「少年……？」

よく顔が見えなくても、すぐにわかったよ。

この安心できる匂いは、心地よい体温は、カッコいい声は、夏梅少年だって。

まいったな。

もう消える覚悟はできていたのに。

この一年間で少年とたくさん遊んだから、未練などなかったはずなのに。

小さく勝ち誇る少年を目の当たりにすると、次々に未練が溢《あふ》れてきてしまうんだ。

「前から思ってたけど、もう少年じゃないからな」

「どうしてわたしの姿が見えてるの……？」

「お前が言ったんだろうが。『イルカを見つけたら、また会えるから』って」

少年が差し出してきた手の中には、イルカの髪飾りがあった。

わたしと少年が立っているこの波止場は、わたしと少年が最初に出会った場所であり、そして九年ぶりに再会した場所でもある。

こうして最後に会えるとは思わなかったから、どんな顔をしていいのかわからないや。

「さっきここに来たら、青白く光っているイルカが落ちてたよ。まるで僕が来るのを待っていたかのように、見つかりやすいところで堂々とな」

神様の……いや、イルカの持ち主だった少女の悪戯《いたずら》なのだろうか。

幸運のイルカになった日から十年後の同じ日付。わたしと少年が同じ場所に揃《そろ》ったとき、紛失していたイルカが現れるようになっていたなんて。

幸運のイルカは現状維持を許さない。

たとえそれが、幸運のイルカの代行者である秋楽海果であっても。

この再会は演出された運命なのだとしたら――


【あなたの初恋は、まだ終わってない】


脳に直接語りかけてくる少女の声。

幸運のイルカというものは余計なお世話の産物であり、現状維持の片思いを強制的に終わらせる残酷なものだと思っていた。

でも、ようやくわかった気がする。

やり方が不器用なだけで……本当は他人想《おも》いの優しい子だったのだ、と。

彼女が海に身を投げてから何十年も経《た》つうちに純粋な想いはどこかで歪《ゆが》んでしまったけ

れど、これが本来の彼女の願い。

「イルカを摑《つか》んだ瞬間、お前が見えた。こんなに近くにいたんなら……もっと早く見つかってくれよ……」

「えへへ……ごめんなさい」

片思いが叶《かな》ってほしい、ただそれだけの願い。

「それで、海果姉はどうして泣いてたの？　独りぼっちがそんなに寂しかったのか？」

「ばーか、うるさいなぁ。乙女の涙の理由を聞くなんて無粋すぎ〜」

「乙女？　やかましいタヌキしか見当たらないけどなぁ」

「あはは〜、黙ってろたぬ！」

「ぐふっ⁉　いきなりなにすんだ！」

「乙女心とタヌキ心がわからないクソガキに鉄拳制裁！　たぬ！」

少年の腹にタヌキパンチをお見舞いすると、少年は痛がりながら文句を垂れる。

「僕は高卒フリーター、お前は中学生！　いまはお前のほうがクソガキなんだよ！」

「高卒フリーターを誇らしく言うな、たぬ！」

「お前がチョロチョロして受験勉強をさんざん邪魔したからだろーが！」

胸の奥がじわじわと温かくなるのは、半年ぶりに取り戻した独特のノリがとても大切なものに思えて仕方がないから。

「あはは……少年くんに初めて負けちゃったかぁ……」

勝負ごとに負けて、こんなに嬉しかったことはない。

先ほどまで流していた悲しい涙が、嬉しさの涙となってぼろぼろと頰《ほお》を伝う。

「半年前の冬に海果姉が消えてから、僕はずっと探してた。でも……お前は隠れるのが上手《うま》すぎるからさ……いつの間にか夏になってたよ」

「あはは……海果お姉さんの力を思い知ったかぁ！」

「お前をずっと探すために東京の大学に行かなかったんだからな。いまは浪人フリーターになってしまったけど、そのおかげでお前をようやく見つけられた」

「わたしは嬉しいけどなぁ……こうやって少年くんといつでも会えるからね！」

強がって笑ってみせたけど、わたしは笑えているだろうか。

年下の少年くんの前で情けなく、涙でぐしゃぐしゃに顔を濡《ぬ》らしていないだろうか。

わたしはいつまでも頼れるお姉さんでありたいからさ、少年の前では強がりたいお年頃だったんだよ。

身体《からだ》の崩壊が目に見えて進行し、肌の各所が青白い光の粒と化していく。

最後にこうしてお喋《しゃべ》りできただけでも、わたしは幸せ者だった。

少年に心配をかけさせちゃいけないからさ、安心させてあげないといけないから。

だから、笑え。

とびっきりの笑顔で……さよならするんだ。

「海果姉、覚えてる？　まだ子供だった僕がデートに誘ったとき、海果姉は『十年後に出直してきなさい』って言ったことを」

うん、もちろん覚えている。

永遠の夏のせいでキミは忘れてしまっていても、わたしだけは約束を忘れていなかった。

「デートに誘ってくれたのに、少年くんは途中で浮気してたよねぇ～お姉さんはショックだったなぁ～」

「春瑠先輩があまりにも素敵なお姉さんだったからさ、ついつい」

「はあ～？　まるでわたしが素敵なお姉さんじゃないみたいな言い草だなぁ～？」

「でも、初恋は一生に一度だけだから。僕にとって初恋は海果姉で、それはいまでも変わってない」

「なんか良いこと言って誤魔化《ごまか》された気がするぅ～」

わたしは不満そうに唇を尖《とが》らせたが、内心はまんざらでもなかった。

「記憶を取り戻してから、海果姉に謝りたかった。十年前の僕が幸運のイルカを見つけたりしなければ、海果姉の十年間を奪わなくて済んだから……」

「ううん、気にしてないよ」

「ほんとにごめん……」

「気にしてないってば」

よしよしと、少年の頭を撫《な》でてあげた。

こうするとキミは安心したような顔をするから。

「十年前のわたしはね、陸上部に戻りたいから足を元通りに治したかったわけじゃないんだ。少年との鬼ごっこに全力で付き合ってあげられなかったから……悔しかったんだ」

だから、わたしは歩道で蹲《うずくま》りながら泣いた。

大好きな少年の鬼ごっこに全力で付き合ってあげられないのが、辛《つら》かったから。

キミと全力で遊んであげられないのが不甲斐《ふがい》なかったから。

「でもね、キミの気持ちは凄《すご》く嬉《うれ》しかったんだよ。わたしのために幸運のイルカを探し回ってくれた少年に、わたしは――」

いつの間にか夢中になっていた。

五つも年下のキミに、初めての恋を教えてもらった。

部活で走れなくなっても、キミと放課後に遊ぶという新たな居場所がわたしを救ってくれた。

「十年経った僕は大人になったかな。海果姉をデートに誘えるくらいの男になれた？」

「うん、とってもカッコよくなった。海果お姉さんに相応《ふさわ》しいくらい、優しくて頼れる人になった」

「海果姉から率直に褒められると照れる……」

「やーい、顔が真っ赤になってる！　まだまだ初心《うぶ》な少年だったんだなぁ〜」

「そう言う海果姉も顔が赤いからな……」

「だって……少年くんの初恋がわたしなのが嬉しいんだもん。それだけでもう……思い残すことはないかなぁ……うっ……うぇえ……」

「だったら泣くなよ……」

いまの秋楽海果は幸運のイルカではなく、ただの恋する少女。

子供みたいに声を出して泣いているけど、決して悲しいからじゃない。

「消えたくない……これからもずっと、少年と遊んでいたいよぉ……」

幸せすぎるから。消えられない理由が見つかったから、自然に泣いちゃうんだ。

「もっと遊んでくれ。お前と一緒にいるとやっぱり楽しすぎるんだよな」

「うん……わたしも少年と……たくさん遊びたい……」

「僕はもう、海果姉を見失わない。あれから十年経っても……これから先の何十年も、海果姉がいちばん近くにいる日々が続いてほしい」

「うん……うん……」

頷《うなず》きながら泣きじゃくるわたしの頭に、少年はそっと手を添えた。

少年は自らを落ち着かせるように大きく息を吸い、わたしを真正面から見据えた。

「僕は、海果姉が大好きだ。ずっととなりにいて、無邪気に笑っていてほしい」


ああ、ようやく聞けた。

もう無理だと諦めていたこの言葉を、少年くんは微笑《ほほえ》みながら告げてくれた。

もちろん、わたしもとびっきりの笑顔だ。

わたしの全身を覆い尽くした青白い光の粒が海風に攫《さら》われ、空高くに舞い上がっていく。

緩やかに、砂の人形が崩れるように、消えていく。

中学生の秋楽海果を象《かたど》っていたものが、美しく崩壊していく。

終わりの始まり。

でも、終わってからまた始まる。

十年も止まっていた時計が動き出していく。

「海果姉!!」

少年は心配そうな顔をしている。

わたしの小さな身体をもっと、もっと、力いっぱい抱き締めてくれた。

贅沢《ぜいたく》すぎるほど真《ま》っ直《す》ぐに感じたよ。

少年の想いを。

わたしが十年も先延ばしにしてしまったキミの恋心を、ようやく。

この十年でキミはずいぶんと大きくなってしまったけれど、子供染みたところはちっとも変わりないなぁ。

だからわたしも、こうして少年の頭を優しく撫でてあげたくなるんだ。

可愛《かわい》い。キミは本当に可愛い子供だったから。

キミはわたしよりも五つ年下の少年だから。

いつでも、いつまでも、キミの頭を撫でてあげよう。

どんな関係になっても、それは変わらないんじゃないかな。きっとね。

「また……会えるよな？　デートは十年後とか……もう言わないよな？」

大丈夫、心配しないで。

今度はきっと、悲しいお別れじゃない。

さよならは、言わない

わたしもキミのことが大好きだよ

またね、少年

キミはもう〝少年〟じゃないから、気が向いたらキミの名前を呼ぼうかな。
そのほうが、もっと親しい感じがするでしょ？
幸運のイルカが引き起こした十年間もの擦れ違いが、ようやく終わる。
夏の暑さと初恋の儚《はかな》さを香らせながら、永遠の夏は音もなく過ぎ去っていった。

エピローグ

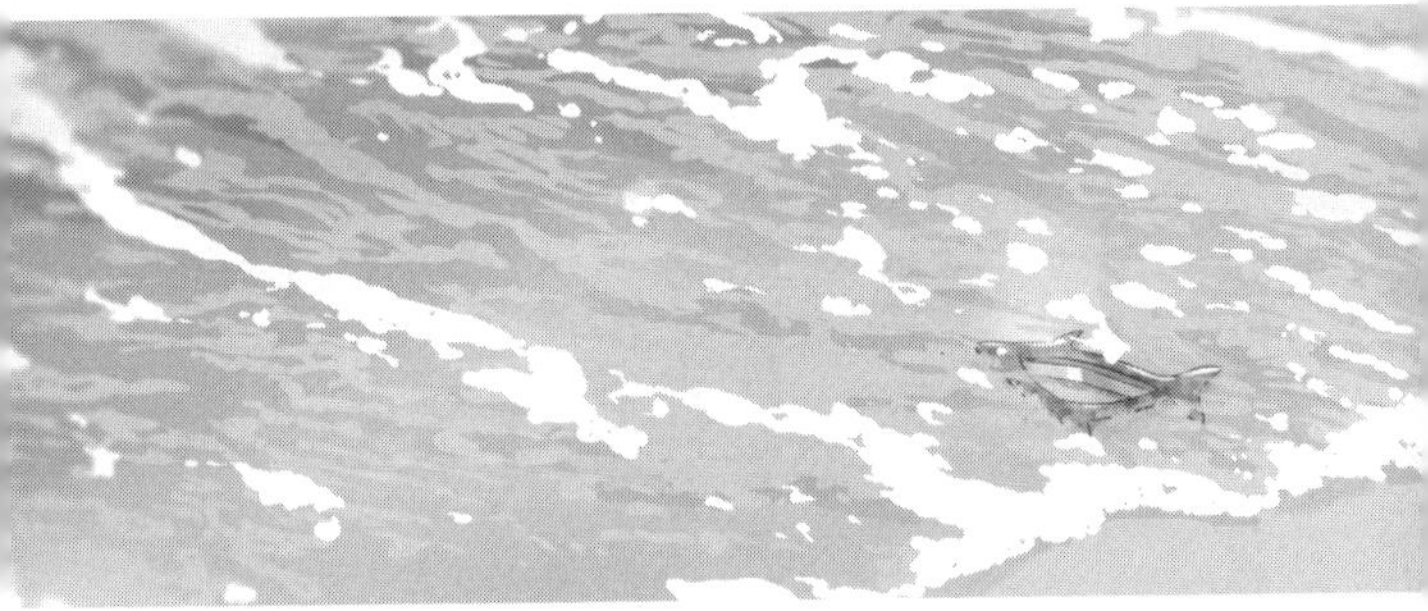

八月に入った。

木更津《きさらづ》の海岸は大勢の人が押し寄せている……様子もなく、潮干狩りシーズンも過ぎているので今日も平穏だったが、海浜公園や屋外バスケコートなどでは子供や中高生が大汗を流しながら元気に走り回る。

学生は夏休みを満喫しているだろうがフリーターに夏休みという概念はなく、今日も原付バイクを転がしながら料理をお届けしていた。

世間は狭い。夏休みで帰省している春瑠《はる》先輩が運転する車と遭遇することもしばしばあり、ごついSUV車に原付バイクが煽《あお》られているような構図に見えなくもなかった。

たまにおもしろがって、僕の行き先にそのまま付いてこようとする。

まったくお茶目《ちゃめ》な先輩だ。そういう縁があった日の夜は春瑠先輩がウチに立ち寄り、ご飯を作ってくれるのが定番イベントになった。

「……うい〜……春瑠ちゃーん……特製焼きそばを二人前追加で……」

「はいー♪　ちょっと待っていてくださいねぇ」

「……金ならいくらでも出すから……ちょっと触らせて……」

「こーら、お触りは禁止の店ですよ〜♪」

春瑠先輩の手料理がテーブルに並んだリビング。

べろべろに酔った母さんがセクハラしようと手を伸ばし、春瑠先輩の太ももを撫でていた。僕ですら子供のころしか触ったことないのに……じゃなくて、夜の店なら間違いなく出禁になる客だ。

ウチの母親が日常的に恥を晒《さら》している様子は墓まで持っていく秘密なので、まだ世間様にバレていないと思いたい。

東京の大学生活に憧れていたが、なんだかんだ地元で楽しくやるのも悪くなかった。

海果《うみか》が消えて以来、僕の知る範囲では不思議な現象が起こらなくなった。

幸運のイルカが次の代行者を見つけるまでの束《つか》の間《ま》の平穏だとしても、理不尽な選択肢で悲しんだり苦しんでいる人がいないほうがいいに決まっている。

「現状維持の片思いは悪いことじゃない。拗《こじ》らせた片思いをしていたワタシだから言えるけど、それも甘酸っぱい青春の一ページだと思うんだ」

二十歳になり、お酒が飲めるようになった春瑠先輩は、ほろ酔い気分でそう言った。

同意見だ。僕も片思い経験が豊富だからこそ、現状維持の片思いをしていた時間は無駄ではなく、いろんな感情を知ることができた。

だけど、待っていても進展はしない。

関係を進めたいなら勇気を出さなくてはならない。

自分が傷つくことになったとしても、好きな人と両想《りょうおも》いになるためには行動を起こさないといけない。決断しなくてはいけない。

僕の二番目の恋はそうして動き出し、見事に終わった。

恋愛とはつくづく難しいものだと、イルカに教えられたような気がする。

ただイルカよ、もう余計なお節介はするんじゃねーぞ。

恋愛に不思議な力はいらない。

自分の力で叶えようとするから、相手の気持ちを知りたくてウズウズするし、ダメだったときに思いっきり泣けるし、両想いになったときに心から幸せなんじゃないか。

だから片思いの毎日は楽しく、相手のことを想うだけで充実しているんじゃないか。

幸運のイルカと出会ってから十年、いまの僕はそう思うよ。

心の中で釘《くぎ》を刺しながら、春瑠先輩が作ってくれた焼きそばをありがたく啜《すす》った。

「春瑠先輩はずっと拗らせた恋愛をしていてください」

「誰が拗らせた恋愛しかできない女かなぁ!? 生意気な後輩くんだなぁ!?」

不満そうな春瑠先輩に頭をわしわしと強く撫《な》でられ、僕は無邪気に大笑いした。

＊＊＊＊＊

後日、配達の休憩中にスマホを見ると、メッセージが届いていた。

【いまから私の家で勉強会＆パジャマパーティやります】

【よかったらセンパイも来てください】

二つに分割されたメッセージはパジャマパーティのお誘いだった。

へえ、なるほど……って、あの冬莉《とうり》がパジャマパーティ!?

目を疑った。昼休みは体育館で本を読んでいるような後輩だったのに、パジャマとはいえパーティを主催できるとは。いまや冬莉も学校で自立し、僕だけに懐いてくれる妹分ではなくなったので友達とパーティくらいするか。

とりあえず返信してみると、参加者の名前が返ってきた。

【ホマキ、武藤《むとう》さん】

……行くかよ。特に堀田《ほった》マキナとか、僕のこと絶対に嫌がりそうだろ。

あいつも友達とよく遊ぶようになったな。成長を感じて嬉《うれ》しい反面、僕の知っている孤独な冬莉がどこかに消えちゃったようで寂しくもある。

【センパイ、失礼なこと考えてませんか?】

追撃のメッセージ！　鋭い！　こいつ、どこかで僕を見ているな!?

【冗談です。センパイが来るとホマキが来ないので、女子だけで楽しみますね】

うー、生意気な！　僕しか遊び相手がいなかったくせに！

これが娘に構ってもらえなくなった父親の心境なのだろうか。寂しい。

ともかく、僕が卒業してからも冬莉は高校生活を楽しんでいるようで安心した。

……と、油断していたら配達のオファーが入る。

お届け先の住所は、これまで何度も配達してきた冬莉の家。

あいつさあ……僕のことを便利なパシリだと思ってるのでは？

僕は渋い顔になりながらもオファーを受け、冬莉とお喋《しゃべ》りしに……じゃなくて、パジャマパーティの料理を届けるためにバイクを発進させた。


高校の制服を着た若者を路上で見かけるたびに、自分の高校時代を思い返して懐かしくなったり、ただひたすら目の前の青春を楽しんでいるのが羨ましくなったりする。

ああ、自分はもう制服を着た青春には戻れない。

大人になりつつある期待感もありながら、時間の流れを実感して寂しくもある。

十四歳の姿をした少女は、十年間も時間が止まっていた。

年上の高校生を〝少年〟と呼び、まるで自分が年上のようにお姉さんぶっていた。

時の流れに逆らう少女は数々の片思いを見届け、自身の片思いにも決着をつけた。

その後の行方はわかっていない。

跡形もなく消えてしまったのか、それとも――

あいつとの出会いは、いつも突然。

十年前も、幸運のイルカとして再会した一年前も、始まりはあいつのほうから声をかけてきたから、僕はそのときを待ち続けていた。

大好きな地元町で暮らしながら、いなくなった初恋の人を、待ち続けていた。


配達の帰り。

…………

……


「いまのは……？」

瞳を通じて身体《からだ》に電流が走ったような感覚が微《かす》かにあった。

第六感ってやつがあるとするなら、これだったかもしれない。

海岸沿いの道路を走行していると……真っ白なワンピース姿の女性が歩道を歩いているのに気づいた。

吹きつける海風でスカートはふわりと揺れ、長い黒髪も爽やかに靡《なび》いているから顔の半分は隠れてよく見えない。

夏の田舎町に映えるシルエットに思わず見惚《みと》れそうになったものの、交通事故を起こさないようにちゃんと前方へ視線を戻した。

車道と歩道でそのまま擦れ違ったが、しばらく直進した僕はバックミラーに視線をやる。

似ている、あいつと。

そう感じ取った僕は急な進路変更。海岸付近の駐車場にバイクを停《と》め、歩道を見渡してみたが、さっきの女性はどこにもいなかった。

こういうのはよくある。ワンピースを着た黒髪の美人なんて海辺ではよく擦れ違うし、他人の空似など珍しくない。

何度も落胆しては、また勘違いをさせられる。

真夏の太陽は陽炎《かげろう》を誘発し、僕の瞳に幻を見せてきたのかもしれない。

いまのところは僕の片思い。

陽炎の夏が僕に訪れ、お前の幻を作り出しているとしても不思議ではなかった。

見間違いか……と思いながら、バイクを停めた場所に戻ろうとすると、僕のバイクに誰かが堂々と座っていた。

白いワンピースと長い黒髪、そして葉っぱの髪飾りをつけた女の子。

いや、女の子というには顔立ちが大人びており、その凛々《りり》しく透き通った瞳に見詰められると心が躍りそうになった。

僕の記憶にある〝あいつ〟と容姿や身長は多少なりとも異なっているけれど、いまよりも顔つきが幼かったころの面影は確かに残っている。

ああ、やっぱりそうだ。

僕の目にはあいつの姿がはっきりと映り、胸の鼓動が加速していく。

陽炎なんかじゃない。不思議な幻なんかじゃない。

ここに存在している、人間だ。

僕の初恋であり、いままさに片思いをしている女の子だ。


「ねえ、少年。いまからデートしないか〜？」


ふいに湧いた高揚感が全身を巡り、視線がうまく定まらない。

困った。なんて話そうか。

心の準備ができていなかったから、情けなく緊張してしまう。

「いきなり現れるなよ……ばか」

僕の第一声がこれだった。

永遠の夏から解放された海果が、僕よりも五つ年上の姿でいきなり現れたから、どう反応していいのかわからない。

これが本来の海果の姿なのだ、と自分に言い聞かせようとしても、見慣れるまでには相当な時間がかかりそうだ。

「少年が十年後に出直してくれたから、今度こそデートしてあげようと思ってさぁ」

「めちゃくちゃ嬉しいけど……いきなりすぎて心の準備ができてなかったんだよ」

「えへへー、少年も緊張してるのかい？　わたしも緊張してたんだー」

でも、こうして僕を見つけたときのあどけない笑顔は変わりなくて。

「それに、もう少年って年頃でもないけどな」

「名前で呼ぼうとも考えたけど、わたしにとってはいつまでも可愛《かわい》い少年のままだもーん」

断固拒否される。

海果に名前で呼ばれるのもそれはそれで気持ち悪いので、このままがいい。

本人には内緒だけど、少年って呼んでもらえるの……実はとても気に入っているから。

「デートはいいけど、どこで遊ぶ？」

「わたしとキミのデートといえば、日が暮れるまで海岸でキャッチボールでしょ～」

「どうせ変化球を試したいだけだろ」

「ワイの変化球を捕れるようになったんかぁ？　後ろに逸《そ》らしたらあかんでぇ？」

でたな、エセ関西弁。腹立つランキング・ナンバーワンの喋り方。

「お前さ、ほんとうに海果姉なんだな？」

「どこからどう見ても海果お姉ちゃんでしょ？」

「制服を着てないし、海果姉にしては身長高すぎ、大人っぽすぎ、美人すぎ。もっとちんちくりんのガキだったじゃん」

「はい～？　大人のわたしが中学の制服を着てたらコスプレ女になるでしょ？」

「制服じゃないと海果姉っぽくないから困るんだ」

「まあ、大人のわたしって美人すぎるし、初心《うぶ》な少年には刺激が強くて直視できないかぁ～キミは大人のお店で制服オプションつけるタイプかぁ～困ったなぁ～ああ～」

ウザい。すぐ調子に乗るのは海果だという証拠だ。

「キミの知ってる海果だよ。キミが好きになってくれた、海果だよ」

見た目は大人になっていようとも海果はグローブ二つと軟式ボールを見せつけ、白い歯を零《こぼ》しながら笑うから……僕は胸の高鳴りを抑えられないんだ。

「それにしても……幸運のイルカはどうして僕にヒントを与えたんだろう。あのまま海果姉を幸運のイルカとして取り込んでしまいたかったはずなのに」

海果が幸運のイルカの代行者になってから十年後の同じ日付にイルカの髪飾りを見つけ、海果と再会できたのは、幸運のイルカが僅かに与えてくれたヒントのおかげだったと言っても過言ではない。

会いたいという曖昧な思いだけで闇雲に探していたら、永遠に見つからなかっただろう。

十年前の口約束を僕が果たす。海果に告白しようと思い立ったから、二人は再び巡り合うことができたと……僕は思っている。

「幸運のイルカは……わたしたちの片思いを見放すつもりだった。でも、少年くんがわたしを一途《いちず》に探し続ける姿を見て〝応援〟したくなった……とか？」

「情に流された幸運のイルカが僕らを応援してくれた、なんてありえるのか？」

「ありえないかもしれないし〜、ありえるかもしれないよぉ？　イルカの髪飾りの持ち主が幸運のイルカになる前は……一途に片思いをする一人の少女だったんだから」

海果は幸運のイルカの代行だったから、よく知っているらしい。

髪飾りの持ち主だったという少女の人生も、彼女が現状維持の片思いを動かすために幸運のイルカになったことも。

海果に関する記憶を取り戻してからの僕は、現状維持をぶち壊そうとした。

周囲の助けも借りつつ、毎日毎日、心が折れそうになっても海果を探し続けた。

だから情に流され、僕らの初恋をそっと応援してくれた……幸運のイルカとはもう話せそうにないから、そう解釈しておくことにするよ。そっちのほうが素敵だから。

僕と海果はお互いをじっと見合い、はにかんだように二人で笑う。

海果の手を離れ、どこかにいってしまったイルカの髪飾り。

僕らにはもう必要ないので、遠いどこかで見守っていてくれるとありがたい。

「そういえば、海果姉からの返事をまだ聞いてないよな」

僕は真正面から想いを告げたのに、海果には消えるという形ではぐらかされたまま、今日この場で予期せぬ再会を迎えた。

だから、あらためて知りたい。すでに少年とは括《くく》りづらい十九歳の僕でも、少年のように胸を躍らせながら返事を欲した。

「……わたしからの返事、聞きたい？」

海果から上目遣いの問いかけをもらい、僕は息を呑《の》みながら頷《うなず》く。

手汗が滲《にじ》む。

心臓の鼓動が高鳴り、心地よい緊張が最高潮に達した瞬間——

「少年！　告白の返事が聞きたいなら、わたしを捕まえてみな！」

やりやがった。半キャップのヘルメットをかぶった海果は僕の原付バイクを発進させ、意表を突かれた僕が全力走りで追いかける。

ようやく叶《かな》った十年後のデートの約束。

もう十年なんて待たせない。待たせてやらない。

元気に逃げ回る初恋の人をすぐに捕まえて、気持ちを確かめてやるからな。

いくら僕が成長しても、好きな人の前では、いまでも初心な〝少年〟のままだった。

僕たちが走り去った直後の海岸。

砂浜に落ちていたイルカの髪飾りが、静かな波に攫《さら》われていった。

あとがき

お久しぶりです、あまさきみりとです。入稿したあとに本編をこそこそと書き足していった結果、あとがきが一ページのみになってしまいました。自業自得です。

一巻で最初に登場したヒロインは海果《うみか》でしたが、この時点で海果編の結末を思い描いていました。「忘れさせてよ、後輩くん。」シリーズに関しては〝恋愛の楽しさや迷い、片思いのほろ苦さ〟などがテーマであり、ストーリーを重たくしすぎないようにと自分に言い聞かせながら夏梅《なつめ》たちの心情を痛々しいくらい描写できたと個人的には思っています。

これから恋愛の矢印がどこを向くのかはまだまだわかりません。春瑠《はる》の新しい恋が始まるかもしれず、冬莉《とうり》は片思いを隠すことなく真《ま》っ直《す》ぐにぶつけています。

海果は夏梅に告白の返事をしてないし、夏梅とホマキって意外とお似合いだし。

最初に好きになった一人を愛し続ける人生のほうが珍しくて、新たな恋が始まったり終わったりを繰り返していく……恋なんてそんなものじゃないでしょうか。

夏梅たちはこれからも喜んだり、悩んだり、泣いたりする。そんな気がします。

誰も泣かずに笑顔になってほしい。ヒロイン全員、幸せになってくれ。

片思いが紡ぐ青春ストーリーをここまで見届けてくれて、ありがとうございました。

それでは堀田《ほった》マキナ編でお会いしましょう（書くとは言ってない）。

忘《わす》れさせてよ、後輩《こうはい》くん。3

著　あまさきみりと

角川スニーカー文庫　23714

2023年9月1日　初版発行

発行者　山下直久

発　行　株式会社KADOKAWA

〒102-8177 東京都千代田区富士見2-13-3

電話　0570-002-301（ナビダイヤル）

印刷所　株式会社暁印刷

製本所　本間製本株式会社

◇◇◇

Printed in Japan　ISBN 978-4-04-113845-8　C0193

★ご意見、ご感想をお送りください★

〒102-8177 東京都千代田区富士見 2-13-3

株式会社KADOKAWA　角川スニーカー文庫編集部気付

「あまさきみりと」先生「へちま」先生